NUNCA SERÉ TU HÉROE

MARÍA MENÉNDEZ-PONTE

Primera edición: julio 2006
Octava edición: febrero 2010

Dirección editorial: Elsa Aguiar
Coordinación editorial: Gabriel Brandariz

© María Menéndez-Ponte, 1998
© Ediciones SM, 2006
 Impresores, 2
 Urbanización Prado del Espino
 28660 Boadilla del Monte (Madrid)
 www.grupo-sm.com

ATENCIÓN AL CLIENTE
Tel.: 902 12 13 23
Fax: 902 24 12 22
e-mail: clientes@grupo-sm.com

ISBN: 978-84-675-0887-1
Depósito legal: M-5.532-2010
Impreso en España / *Printed in Spain*
Gohegraf Industrias Gráficas, SL - 28977 Casarrubuelos (Madrid)

A mi hijo Álvaro,
que me ayudó a dar vida
a los personajes de la novela

1

Andrés, estudia. ¡¡Andrés, estudia!! Andrés-estudia. Andresestudia... Andrés Estudia. Me llamo Andrés y me apellido Estudia. Me tienen harto, siempre con el mismo rollo. Mi madre, con tal de verme encima del libro y sin escuchar música, está contenta. Aunque esté pensando en las musarañas, es la leche. No entiende que yo pueda estudiar con música. Y no para de comerme la olla todo el día, que si tengo poca disciplina, que si no hago más que hablar por teléfono, que si no tuviera a Valeria Mazza en la carpeta, me distraería menos. Más me distraigo en la clase de la Rambo. ¿Cómo voy a atender si delante tengo a Belén, que es la tía más buena de la clase? Pero como para contárselo a mi madre. Es capaz de ir al instituto y pedir que me encierren en una cápsula espacial. Y no digamos cuando empieza con el rollo de la responsabilidad, menuda plasta. Si la llevo al Parlamento, acaba con todos los parlamentarios. Parece de la Gestapo: ¿dónde has estado?, ¿con qué amigos has salido?, ¿qué tomasteis?, ¿y estaba Dani? Siempre con segundas, claro. Porque a Dani lo tiene enfilado desde el día en que nos agarramos juntos un pedo monumental. Y piensa que, si voy con él, voy a beber. Está obsesionada. Menuda me armó el otro día porque estaba bebiendo una cerveza. Muda se quedó cuando se enteró de que era sin alcohol. Pero es que tiene la manía de acusar antes de preguntar nada. Y luego dice que estoy todo el día cabreado..., si es ella la que me cabrea. José sí que tiene un chollo de padres. Hasta le han comprado una moto. Y eso que no pega sello, está en cuarto de la ESO con diecisiete años... Además, le dejan ir a las discotecas hasta las tantas de la noche; y no le someten a un tercer grado; ni se meten con su modo de vestir. Tronco, tiene una chupa que mola mazo. Pero me compro yo una igual, y ya estoy oyendo los gritos de mi padre, que si parezco un *punki*, que si nos vestimos todos de uniforme, que si nos falta personalidad. ¿Acaso me meto yo con sus corbatas? Y eso que se pone cada horterada... Luego dice que conmigo es imposible el diálogo. Pero ¿cómo voy a dialogar si siempre está criticando a mis amigos? Y me fastidia un montón que diga que el bakalao no es música ni es nada. Y que si nos pasamos el día enchufados a los videojuegos. Y que si en su época esto y lo otro... Ostras, si es que no le gusta nada de lo que hay hoy. No sé por qué se empeña en vivir en un tiempo que ya no existe. Y en que yo sea de otra manera... Hombre, es verdad que me esfuerzo poco, pero tampoco quiero ser un pringao como mi hermano: todo el día estudiando, se le van a salir los ojos de las órbitas. Claro que tiene sus ventajas, porque al que le toca arrimar el hombro siempre es a este menda: «Ya que no estudias, por lo menos recoge la mesa...». ¡Es la leche! Y si mi hermano dice que un profesor es un capullo, le escuchan y hasta le dan la razón. En cambio a mí... Si cateo, la culpa la tengo yo: «sus motivos habrá tenido el profesor para suspenderte...». No se fían un pelo de mí. Si me dan dinero para la papelería, en seguida me están reclamando la vuelta. ¡Ni que fuera un chorizo! El caso es que mi padre presume de enrollado. Dice que estudiemos lo que queramos. Pero si le insinúo que quiero ser cantante, ni te cuento. Y no te digo bailarín. Que todo tiene que ser dentro de sus esquemas. Y si le contesto..., «¡Andrés, estás castigado!». Vamos, que, de todas todas, me pilla el toro. Claro que es peor que te quiten la novia. Y es que doy asco. Tengo más granos en la cara que una paella. Mi madre dice que es por el chocolate y la Coca-Cola y el chorizo y las hamburguesas. Pero no me voy a hacer vegetariano. Cuando pienso que ha sido Jorge quien me ha quitado a Sara, me sube una rabia por todo el cuerpo... ¿Cómo ha podido Sara irse con ese pelota? «Don Gerardo, he traído este libro sobre los romanos...». Es de alucine lo pelota que es. En cambio mis padres flipan con él, como va vestido de pijo. Les importa más la apariencia que la persona. Hombre, a veces son majetes. Y hasta tienen algún detalle. Como el día que saqué un sobresaliente en Química y apareció mi padre con unas entradas para ver el partido del Barça contra el Madrid. Si no me dieran tanto el coñazo con «Andrés, estudia»... Si eso ya lo sé yo, que tengo que estudiar. Pero no soy una máquina. ¿Cómo voy a ponerme a estudiar hoy si estoy hecho papilla? No puedo dejar de pensar en Sara y en ese Jorge de las narices...

–¡Andréees! ¿Quién ha dejado la merienda en la mesa?

¡Ya estamos! ¡Siempre igual! Ya está mi madre acusándome. Me pone enfermo.

–¡Vamos a ver! ¿Por qué he tenido que ser yo? ¿Es que no puedes preguntar antes?

–No te pongas como un energúmeno, Andrés, te estoy preguntando.

–No. Has dicho: «¡Andréees! ¿Quién-ha-dejado-la-merienda-en-la-mesa?». Estás suponiendo que he sido yo, como siempre.

–No me grites, Andrés.

–¿Cómo quieres que no grite si me habéis convertido en sospechoso? Pues, para que te enteres, ha sido tu niñita la perfecta, yo no he merendado galletas. Pero, claro, a ella nunca la riñes, eres la leche.

–Mira, Andrés, a mí no me hables así. Soy tu madre y me debes respeto...

–¿Respeto? ¿Y quién me respeta a mí, si se puede saber? A ver, ¡quién!, ¿eh?

–Hijo, tranquilízate y, sobre todo, no grites. Te van a oír los vecinos.

–Eso es lo único que te importa, ¿verdad?, mantener las apariencias. Te gustaría un hijo como el descerebrado de Jorge, ¿no?

–Ay, hijo, contigo es imposible mantener un diálogo normal. No sé qué te pasa. De un tiempo a esta parte saltas por todo. Tienes la agresividad a flor de piel. Nos lo estás poniendo muy difícil. Tendremos que reconsiderar lo de mandarte a un internado.

–¡Genial! ¡Muerto el perro, se acabó la rabia! Muy bien, si eso es lo que queréis, me las piro.

–¡Andréees, vuelve ahora mismo! ¿Adónde vas a ir? Andréeees...

Odio mi falta de frialdad. En lugar de tomar yo las decisiones, ellas me toman a mí. A ver qué coño hago yo ahora sentado en este banco del parque a las ocho de la tarde. Mañana nos va a preguntar el de Historia y todavía no he empezado a estudiar... ¿Por qué no me dejarán en paz? Uno no es de piedra, y si te aprietan las tuercas constantemente, acabas saltando. Pero me fastidia un montón volver a casa. Si tuviera agallas, me largaría. Claro que ¿adónde voy a ir?...

–¿Qué haces aquí?

–Tío, qué susto me has dado. ¿De dónde has salido?

–Iba de camino hacia casa, pero te he visto aquí sentado...

–Ya ves, he vuelto a tener otra bronca con mi madre.

–Qué mal rollo, ¿no? Siempre estáis igual. ¿Por qué no vienes a kárate conmigo? Descargas mogollón de tensión y haces un músculo que no veas. Precisamente ahora vengo de allí.

–Tú no conoces a mi madre, Dani. Dirá que eso me va a quitar tiempo de estudio, y que si quiero algo, me lo tengo que ganar, y que si... Oye, Dani, ¿podría pasar esta noche en tu casa?

–Pero qué dices, chaval. Mi madre en seguida llamaría a la tuya para decírselo.

–Tienes razón. Pero no sabes lo humillante que es volver a casa como si no hubiera pasado nada. Tengo que aguantar la cara de ofendida de mi madre, el sarcasmo de mi hermana, la bronca de mi padre, que siempre me pone a mi hermano de modelo... Y hoy no estoy para aguantar chorradas. Tú sabes cómo estoy con lo de Sara, hecho papilla.

–Ese Jorge es un gilipollas. Lo ha hecho sólo para fastidiarte, para darte en las narices.

–Sí, tronco, y lo que más me revienta es que ella haya entrado al trapo. ¡Claro, con la pasta que tiene, ya puede! Que si un regalito por aquí, que si una invitación por allá... Y luego esa ropa de niño pijo que lleva. Y esa cara de no haber roto un plato...

–Pero es que a las tías les va ese rollo, Andrés.

–No sé... Sara no era así. Podíamos pasar toda la tarde escuchando música o sentados en la plaza comiendo pipas y charlando de nuestras cosas.

–¡Deja ya de comerte el tarro, Andrés! A las tías no hay quien las entienda. Un día te dicen una cosa y al día siguiente hacen lo contrario. Además van de duras porque creen que así ligan más. Tú hazme caso, pasa de ella.

—No sé, Dani, no sé qué voy a hacer, estoy totalmente colgado. Ha sido un palo tremendo. Estoy hecho polvo... ¿Por qué me habrá dejado?

—Venga, anímate, mañana es viernes. Nos agarramos una moña, y te olvidas de ella.

—Veremos si me dejan salir. Tal y como están las cosas...

—Que sí, tío, ahora te vas a casa y les sueltas a tus padres el rollo del arrepentimiento y de que piensas cambiar. Eso funciona siempre. ¡Venga, hasta mañana!

¡Qué fácil es la vida para Dani! Es un tío práctico, no como yo, que estoy todo el día comiéndome la olla. Pepito Grillo a mi lado, un aprendiz. Pero, por más que diga Dani, no puedo volver a casa y hacer el paripé ese del arrepentimiento. No sé fingir. Sé que me iría mejor, me metería en menos líos. Sí, mamá, lo que tú digas, mamá. ¿Quieres que vaya al supermercado?... Y, por detrás, hacer lo que me dé la gana. Pero soy incapaz. Prefiero plantar cara. A lo mejor, a veces me paso un poco, pero si mi madre no me provocara... Si es ella la que me hace saltar. Y lo que más me cabrea es que vaya de víctima por la vida. «¡Ay, Carlos, ya no puedo más, esto es un infierno!...». Siempre quejándose a mi padre. Pues que no provoque. Y no creas que no he intentado controlarme un montón de veces, pero imposible, me caliento y luego ya no puedo dar marcha atrás. Siempre me gana la partida este maldito orgullo. Total, para acabar tragándomelo. Como ahora, que tengo que llamar al timbre porque ni me paré a coger las llaves. Y seguramente me abrirá la cotilla de mi hermana, no hace falta ser adivino para saberlo. Bueno, preparados, listos...

—¡Andrés, has vuelto! —dijo como si regresara después de haber luchado en alguna guerra durante varios años, será boba.

—¡Andrés, has vuelto! —repetí haciéndole burla. Y ella, en venganza, chilló para que se enterara todo el mundo.

–¡Mamá, Andrés ha vuelto! Te dije que vendría a la hora de la cena.

En momentos así la estrangularía.

–¡Chivata! –le solté con rabia. Y me encerré en mi habitación con los Iron Maiden a todo volumen: *The evil that men do lives on and on... The evil that men do lives on and on...*

–¿Qué haces?

–Oye, tía, ya te estás largando de aquí. ¿Es que no tienes nada que hacer?

–Toma, te dejo el CD de Los Rodríguez ¿No decías que te gustaba mucho?

–¿De dónde lo has sacado?

–Me lo grabó Felipe.

–¿Quién es Felipe?

–El hermano de Elena.

–¿Ese niñato que anda todo el día detrás de ti?

–Oye, Andrés, no te pases, ¿eh?, que yo no me meto con Sara.

–Bueno, ya da igual. Todo da igual, se acabó... ¡Qué asco!

–¿Qué ha pasado? ¿Ya no salís?

–Me ha dejado. No me extraña... Con este careto que tengo.

–Pues a Andrea le gustas. Está todo el día dándome la paliza. Quiere saber cuál es tu música favorita, qué haces, qué amigos tienes... Dice que eres muy guapo.

–Sí, pero es una enana.

–Oye, tú, no te pases, ¿eh?, que tenemos trece años. Y además, mira a papá, le lleva cinco años a mamá.

–Pero es distinto. Mamá ya ha crecido del todo. Y a Andrea y a ti todavía os faltan curvas. Ya sabes...

–¡Eres un cerdo! Todo el día estás pensando en lo mismo.

–Ven aquí, Paulita, anda, no te enfades conmigo, que estoy fatal, hecho papilla.

–¿Es por lo de Sara? ¿Por qué no hablas con ella? A lo mejor tiene arreglo...

–No. Está saliendo con Jorge.

–¿El pijín?

–El mismo. Dice Dani que las tías flipáis con los pijos.

–¡De eso nada! A mí ese tío me pone nerviosa. Nunca se le mueve ni un pelo de su sitio. Y es un chulo. A Soraya le hizo llorar un día...

–¡Niños, a cenaaar!

–...Corre, vamos, que nos llama mamá y no está de muy buen humor, que digamos.

–Seguro que ya le habrá dicho a papá que estoy imposible, y papá me montará la bronca en la cena.

–Tú tranquilo, no te preocupes, que yo me encargo de distraerlo.

A veces estrangularía a mi hermanita y a veces me la comería a besos. La verdad es que es una tía legal, siempre sale en mi defensa. Si no fuera tan metomentodo y tan doña perfecta...

2

Que no me pregunte. Que no me pregunte. Que no me pregunte...

–Andrés, ¿podrías decirme cuáles fueron los reinos bárbaros que invadieron Europa en el siglo VI?

–Bueno... es que... justo eso no me dio tiempo. Yo...

–¿Podrías, entonces, decir las causas de las invasiones bárbaras, o tampoco te dio tiempo?

–En realidad, no pude estudiar el tema... Tuve algunos problemas.

–¿Qué clase de problemas?

–Son... ejem... Son... un asunto privado.

–Vaya, exactamente igual que los dos ceros que ya tienes, son privados; única y exclusivamente de tu propiedad.

Qué cabrón, este Sátrapa me adivina el pensamiento. Seguro. Siempre me pregunta cuando no me lo sé. A lo mejor es que me sale algún tipo de letrero en la frente. Tendría que haber hecho como Dani, qué tío, se ha largado a su casa porque tenía ganas de cagar, es la leche. Dice que no puede hacerlo en el instituto, que necesita tranquilidad. Tiene un morro que se lo pisa. Como no hay nadie en su casa... A veces incluso se echa una siestecilla o juega una partida con la consola, y vuelve tan fresco. Encima los profes ni se dan cuenta. Lo llego a hacer yo, y ya están llamando a mi casa. Si es que soy un pringao. Lo mires por donde lo mires. Ya es la quinta vez que sorprendo a Sara y a Jorge cruzándose miraditas, ¡hay que joderse! Sara le habrá contado cosas nuestras. Normal. Lo que hacíamos, dónde íbamos... Hombre, espero que no le haya contado nuestras intimidades. No sé..., tengo la sensación de haber pasado de algún modo a formar parte de la vida de ese pijo. Y me revienta. Además no veo claras sus intenciones. Hombre, no digo que no le guste Sara, porque está como un tren, pero no creo que la quiera como yo... Tengo un nudo en la garganta que hasta me impide respirar. No hago más que rebobinar la película. Solo el roce de su mano hacía que mi corazón bombeara al doble de velocidad. Con ella estaba en otra dimensión. En cambio ahora... Las horas son como losas que me aplastan al caer. Y no hay cielo. O, bueno, si lo hay, no me entero de si es azul o gris. Y es que también el cielo tenía que ver con Sara. Decía que yo era el hombre del tiempo, porque siempre acertaba el color que iba a tener al día siguiente o al atardecer. Hasta que le conté mi secreto: era yo quien lo pintaba por las noches para ella. Y por medio de las nubes le mandaba cantidad de mensajes secretos. ¡Mira esa! ¿Sabes lo que he escrito? Al principio no daba una. Pero, poco a poco, llegamos a tener un código nuestro. ¡La de jeroglíficos que inventábamos! Ni los egipcios. Decía que era imposible aburrirse conmigo. Y ya ves. A lo mejor tiene razón mi hermana, debería hablar con ella. En cuanto acabe el Sátrapa de soltar el rollo, le pregunto si quedamos a la hora del recreo. Lo malo es que siempre tiene al moscón ese rondando...

Por una vez, me alegré de que Jorge fuera un pelota redomado. En cuanto se acabó la clase, salió disparado detrás del Sátrapa a hacerle la rosca.

–Oye, Sara, ¿podemos hablar en el recreo?

–¿De qué quieres hablar?

–Venga, no me lo pongas más difícil... De lo nuestro, ¿de qué va a ser?

–Andrés, ya te dije que estoy saliendo con Jorge.

–Bueno, pero habrá una explicación, ¿no?

–Para ti todo tiene que tener explicación, Andrés. Las cosas pasan...

–¡Hombre, Andrés Díez! Oye, qué mala pata lo del cero; lo siento, chico...

–Venga, Jorgito, déjame en paz, piérdete, ¿vale?

–No, piérdete tú. Nadie te ha dado vela en este entierro.

–Tienes razón, esto es un entierro, y tú eres el muerto.

–Te equivocas, Andrés. Tú sí que estás cadáver, y aún no te has enterado. Así que, si no puedes soportarlo, vete a llorar en el hombro de tu mamá.

–El que va a llorar eres tú, gilipollas.

En seguida se formó una piña de gente a nuestro alrededor.

–¡Que se peguen! ¡Que se peguen!...

–Bueno, ya está bien, haced el favor de callaros. Y vosotros dos dejad ya de pelearos, no seáis críos –intervino Sara poniéndose en medio. Su pelo dorado con olor a limón me rozó la nariz. Y volví a tener ganas de llorar.

Me di media vuelta y me largué de allí. ¡Será cretino el pelota ese de las narices! ¿Qué se ha creído ese tío, que por quitarme la novia tiene derecho a echarme mierda encima?

–¿Adónde vas, Andrés? No pensarás hacer pellas en mi clase, ¿verdad?

¡Qué mala pata, tío! ¿No voy y me tropiezo con el Salivazos? Yo no sé cómo hace Dani para esfumarse sin dejar rastro. A mí es que me pillan siempre. Con las chuletas de los exámenes lo mismo, es la leche. Con el esfuerzo y el tiempo que te llevan, para que luego te cacen in fraganti.

O que no puedas sacarlas. Anda que el fin de semana que me pasé escribiendo todas las fórmulas de Química con letra de pulga y enrollándolas como pergaminos dentro de un bolígrafo, ¡menuda virguería! Todos los de mi clase flipaban. Incluso me las querían comprar. Pues, ya ves, ni pude sacarlas. La Rambo me clavó los ojos y no me los quitó de encima en todo el examen. Dani dice que no tengo aplomo y que pongo cara de que voy a copiar. Es verdad, se me nota en seguida. Soy peor que el Bombilla. Me empiezo a poner cada vez más rojo, y acabo como el Gusiluz. ¡Ostras! ¡Vaya lapo me ha soltado el Salivazos! Como no te atrincheres detrás de la carpeta, te ducha entero. La cantidad de saliva que está gastando con las derivadas. Y yo sin coger onda. Como siga así, esta evaluación suspendo todas. Pero es que no puedo dejar de pensar en Sara, tronco. No quiero ponerme en plan existencialista, pero de verdad que la vida ha dejado de tener sentido. Y así es difícil hasta respirar. Es lo malo que tengo, que pierdo el norte con una facilidad... En eso tiene razón mi padre. Ando a bandazos. Tan pronto me da fuerte por una cosa como a los dos días la dejo. ¡Cómo envidio a mi hermano! Desde pequeñito sabía que quería ser médico y allá fue, a por ello, con una fuerza de voluntad... Siempre estudiando para que le diera la media. Pero eso tampoco es vida. Porque ahora ya está en Medicina, y, hale, a seguir estudiando. Nueve años hincando los codos, que se dice pronto. Y encima luego el MIR dichoso, que, si no lo aprueba, a ver qué hace. Claro que él parece contento. En cambio yo... que si periodista, que si biólogo, que si veterinario... Hombre, me hubiera gustado ser futbolista, por ejemplo, Raúl. Aparte de tener el porvenir resuelto, lo tendría fácil a la hora de ligar. Tampoco me hubiera importado tener la voz de Michael Jackson. Pero solo la voz, tronco, porque ese tío no está bien de la azotea. Mira que blanquearse con lejía como si fuera una sábana... Bueno, él sabrá por qué lo hace. Si es que lo sabe. A lo mejor está hecho un lío, como yo. A mí lo que de verdad me gusta es dibujar, y todo el mundo dice que se me da muy bien. Pero si le digo a mi padre que quiero dedicarme a la ilustración, me dirá que pintar monos no da de comer...

–¡Chaval, vámonos al recreo, que se ha acabado la clase! ¿Esperas un bis?

–Oye, Dani, me das otra de esas y poto el desayuno. ¿De dónde has salido? ¿No te ha visto el Salivazos?

–¡Pues claro que me ha visto! Así se cree que he estado en su clase.

–Menuda potra tienes, Dani... Bueno, qué, ¿has cagado a gusto?

–Tú dirás, con el Mortadelo y Filemón. Es fundamental. Las necesidades biológicas requieren paz y concentración.

–Eso es lo que yo necesito, un poco de paz, pero sigo dándole vueltas al coco y cada vez estoy peor. Sara no quiere saber nada de mí y el Jorge ese de las narices se ha puesto gallito.

–Te dije que pasaras de ella, Andrés. A las tías les va la marcha, tú hazme caso.

–Mi hermana me aconsejó que hablara con ella.

–¿Qué sabrá una enana de trece años? Mira, chaval, hoy nos vamos de marcha y mañana estás nuevo. Ya lo verás.

Dani cree que todo el mundo funciona como las lavadoras. Aprietas el botón de la marcha, y, ¡hale!, a andar. ¡Qué tío! Nada le afecta. Bueno, a ver de qué humor están los viejos. Lo mismo me castigan sin salir. Tampoco me importaría. El plomo que llevo dentro del alma es superior a cualquier tortura. Me pesan hasta los pies. Todos los rincones de Madrid me recuerdan a Sara, por ejemplo, esta acera. La de veces que nos habremos sentado aquí, frente a la Fuente de los Delfines. Inventábamos historias de la gente que pasaba. Mira, ese tiene cara de contable. Toda su vida está ordenada, pero por las noches sueña con atracar un banco. A muchos les hacía la caricatura y luego los mezclábamos en diferentes historietas. A veces seguíamos a alguno. Sara, que tiene vocación de detective, veía instintos criminales hasta en los rostros más angelicales... Una tarde se empeñó en seguir a un narco y resultó ser un policía de paisano. Vaya corte cuando lo vimos entrar en la comisaría...

En casa me encontré a mi padre. Hecho insólito, más insólito que encontrarme un extraterrestre en mi cama, y verás por qué lo digo. Mi padre sale todos los días de casa a las ocho de la mañana (y cuando digo todos, quiere decir absolutamente todos, ya que hasta la fecha no ha faltado un solo día a su trabajo en el departamento financiero de una empresa de coches) y nunca llega antes de las siete de la tarde.

–Hola, papá, ¿pasa algo?

–No, hijo, nada. Es que estamos teniendo algunos problemas en la empresa y hoy ha habido un paro. ¿Qué tal por el instituto?

–Bien..., bueno..., como siempre... Voy a comer algo y a ponerme a estudiar. ¿Tú ya has comido?

–No, voy a esperar a tu madre, no creo que tarde en llegar.

–A ver si tienes suerte, últimamente sus bichitos la absorben demasiado. A veces no llega hasta las cuatro o las cinco.

–Pues entonces como contigo. ¿Qué menú tenemos?

–Supongo que cocido, como todos los viernes.

–Hombre, qué bien, y luego el partido del Madrid contra el Atleti, que se preparen a morir.

–Los vamos a machacar, el Atleti tiene muchas bajas. No juegan ni Luccin ni Fernando Torres.

–Entonces ganaremos 3 0. Dos goles de Sergio Ramos y uno de Raúl.

–Me parece un poco optimista. Déjalo en 2-1.

–¿Nos jugamos una merienda?

–Vale.

Mi padre analiza los partidos con la misma minuciosidad que si fueran informes financieros. Cada jugada nos puede llevar horas de discusión. Mi madre está harta de tanto fútbol. Y eso que ella tiene otra televisión. Pero dice que en esta casa no se puede hablar de otra cosa, que todas las conversaciones de una manera o de otra acaban siendo de fútbol. Anda que no cotillea ella con mi hermana de todos los que salen en el *Hola* o en el *Diez Minutos*. Además, es preferible que hablemos de fútbol, porque, en cuanto se toca otro tema, acabamos discutiendo.

Siempre es motivo de alegría que gane el Madrid, pero hoy más. Gracias a la euforia de mi padre, no tuve problemas para irme de marcha. Quedé con Dani a las ocho en la Plaza del Dos de Mayo. Cuando llegué, ya había comprado una litrona de Coca-Cola y una botella de vino para hacer calimocho.

–Esto es lo que tú necesitas, chaval, una buena medicina. Vamos a entonarnos un poco antes de que llegue la basca.

Iba a dar un trago, cuando me agarró del brazo.

–Espera, tronco, vamos a hacer un conjuro.

–Pero, tío, ¿eso no se hace con la queimada?

–¡Psch, qué más da! Esto nos vale.

–¿Y para qué sirve eso?

–¡Chist! ¡Escucha! Pijos, pelotas, rompegüevos, quitameriendas y demás aves carroñeras –empezó diciendo solemnemente mientras pasaba el calimocho de un vaso a otro–. Hoy, 20 de enero, Andrés Díez y Dani Rincón tomarán la pócima mágica que les hará inmunes a vuestras fantasmadas y se convertirán en héroes de una sociedad que nos machaca, nos oprime y nos pone todo tipo de trampas. Una sociedad que nos educa para el consumo y nos lanza directamente al paro. Una sociedad donde siempre triunfan los pelotas y los que mejor engañan. Una sociedad que solo se preocupa de que las cosas sigan como están, pero que nosotros estamos dispuestos a cambiar.

Me quedé de piedra. Nunca imaginé que Dani tuviera unos pensamientos tan profundos. Siempre da la impresión de que todo le resbala, de que pasa de todo. No quise romper la magia del momento, así que bebimos en silencio hasta que nos terminamos el vaso tamaño familiar. Luego recorrimos San Andrés y Velarde, y en la plaza de Juan Pujol nos juntamos con la basca. Empezábamos a notar los efectos del calimocho. Dani se puso a imitar a la de Física y Química cuando le dices una respuesta equivocada, pero exagerando la nota.

–¡Huy, tú estás muy enfermo, chico! Estás realmente mal, chico. Deberías quedarte en tu casa un mes, chico. Podrías contagiarnos, chico, compréndelo. Estás lleno de hipocloritos y de ácido sulfúrico y de anhídrido carbónico y de bla, bla, bla...

Es un actorazo. Nos dolía la barriga de tanto reírnos. Después imitó al Salivazos, con las comisuras de los labios llenas de saliva y soltando lapos a diestro y siniestro, hasta que todos protestamos. Luego le tocó el turno al Puella, el de Cultura Clásica, cuando nos devuelve los exámenes, que solo le falta el laurel en la cabeza.

–Como dijo César, «*Alea iacta est*», la suerte está echada. Y por más que os repito: *Nemo repente fit sapiens*, nadie se hace repentinamente sabio, no me hacéis caso. Así que luego vendrá aquello de... *Alumni in selectivitate victi dolebat*, los alumnos sufrían por haber sido derrotados en la selectividad.

Todos nos pusimos a corear la marcha fúnebre. Los *Hare Krishna* redoblaron la potencia de sus cánticos y de sus campanillas para tapar nuestras voces desafinadas. Lo mismo se pensaban que intentábamos hacerles la competencia. La plaza era un hormiguero de chavales que desafiaban la ley de la gravedad. David y Hugo se fueron a comprar más vino y Coca-Cola. Yo me sentía bastante mareado, pero ¿qué iba a hacer? Todos bebían, y yo también. Si no, te quedas fuera del grupo. Eso forma parte de la diversión. Luego pierdes el control y ya no te enteras de más. Cada uno se las arregla como puede. Dani se separó para ir a mear, y yo fui detrás de él. De pronto me entraron la depre y las ganas de llorar.

–Dani, tío, necessitoveraSsara. Ssoyun héroe y... y... tengoque rescatarlade las garrasdeessepelota.

–Fale, tronco, hip. Tueresssun caballero, hip, medieval, hip, y yosssoytu dragón. Preparalarmadura, que allá famos. ¡Aaaahhhh!

–Tío, apestasss a alcohol. Si tacercounacerilla, sssueltasunallamaradade aquiaChina.

3

¡Qué pedo teníamos encima! Andábamos a tropezones. Y arrastrábamos las palabras al hablar. Todo me daba vueltas. ¿O eran los edificios los que las daban? ¿Y si nos caían encima? Por más que caminábamos, no conseguíamos salir de la misma calle. Estábamos atrapados en el tiempo. Por fin llegamos a una fuente y metimos la cabeza. Era agua de la Antártida, macho, qué fría. Nuestras neuronas revivieron y nos pusimos a discutir. Yo quería ir a la discoteca, donde iban algunos de la clase que tenían pasta. Estaba seguro de que Jorge había llevado allí a Sara. Pero no me llegaba el dinero para entrar y Dani se resistía a aflojar la mosca.

–¿Y sssi luego no esstá, tronco?

–Te lo devolveré con interesesss. Un dragón no puede abandonar a ssu caballero, compréndelo. Vamosss, tío, no me dejes tirao.

Acabé convenciéndolo, y entramos en el santuario de moda. La música de bakalao nos perforó los tímpanos. ¡Vaya decibelios! A Dani le chispeaban los ojos.

–¡Menudo material, chaval! ¡Mira qué pedazo de tía!

–Dani, hemos venido a ressscatar a la princesa. No lo olvidesss. Yo ssoy tu dragón y tú mi caballero, digo, yo ssoy tu princesa y tú mi príncipe... No, no, perdona, no ssé lo que digo. Yo ssoy un héroe. Ssoy Ssuperman. Ssí, ssoy Ssuperman y voy a salvar a todoss. A esse. Y a esse. Y a essa...

–Venga ya, tronco, no seas plasta. Podemos divertirnos un poquito. Aquí hay unas tías essstupendas. Anda, vamos a atacar a esas dosss.

De pronto la vi de espaldas en la barra. Era ella, su inconfundible melena dorada...

–Ssara, Ssara. Ssoy Ssuperman. Vengo a rescatarte. Me convertiré en tu héroe...

–¿Pero qué dice este tío?

–Está borracho. Vamos, ya te estás largando, fuera de aquí.

No era ella, qué corte. Menudo mosqueo que se agarraron sus escuderos. La pista de baile daba vueltas y el suelo se movía bajo mis pies. Veía a Sara en todas partes, como un espejismo. Ahora sonaban unas sevillanas y todo el mundo me empujaba. No se veían más que brazos que no se sabía a quién pertenecían. De pronto noté una bola que me subía desde el estómago, me encontraba fatal. Tenía que llegar hasta el cuarto de baño para echar la pota. Y aquellos brazos no me dejaban salir. Me agarraban como tentáculos de pulpo. De un empujón salí despedido de la pista y conseguí llegar al meódromo. Pero sólo hasta la puerta. Allí le bañé los zapatos a uno con una pasta marronácea que olía a mil demonios. Pensé que eran todas mis vísceras, tronco. Me moría sin haber hecho testamento. Claro que tampoco tenía mucho que dejar. La mini-cadena, los *compact*, la chupa y para de contar. Ostras, vaya careto. Apenas me reconocí en el espejo. Era la cara de un muerto. Y a pesar de ello, sin vísceras me empezaba a sentir mejor, más ligero.

Intenté localizar a Dani. Hacía un calor infernal. Tú dirás, acostumbrado al fresquito de la calle... El humo me hacía llorar y el ruido me martilleaba la cabeza. Pero, sobre todo, me pesaba la soledad. Entre el follón de gente que pululaba por allí despreocupada y alegre me sentía solo, como un recién nacido.

–Andrés, ¿qué haces aquí? ¿Qué te ha pasado?

Era Sara, en carne y hueso, esta vez no era un espejismo; era la Sara de melena dorada con olor a limón. Estaba guapísima, con una minifalda negra y un jersey rosa.

–Ssara, he venido por ti, Ssara. Ssoy tu héroe, he venido a rescatarte. Mira, he traído a mi dragón, pero no sé dónde está...

–Este tío está completamente pedo, Sara.

–Sí, está muy mal, Jorge, tenemos que llevarlo a casa, no podemos dejarlo aquí.

Al salir a la calle, volví a potar. El aire frío de la noche me devolvió a la realidad. Ahí estaba yo, totalmente pedo, haciendo el ridículo delante de Sara y del pelota de las narices. Balbuceé unas palabras de disculpa y me marché al metro. Había algunos mendigos durmiendo tapados con mantas y cartones. No sé por qué me sentí cerca de ellos, solidario con su desamparo, porque también lo sentía yo. Mi familia, los amigos, el instituto y Sara flotaban lejos de mí. Notaba cómo mi alma se alejaba lentamente dejándome huérfano. Intenté atraparla y obligarla a volver a mi vida, a mi vida de siempre. Pero se borraba, se desvanecía, no conseguía ver cómo era. En realidad nunca me había parado a pensar en cómo era mi vida, por eso no me preocupaba. En cambio ahora... macho, es como tener un cuerpo prestado en el que apenas me reconozco. Como tampoco reconozco mi voz, que lo mismo le da por ser ronca como suelta unos gallos que alucinas. Y encima mi mente me recuerda constantemente que allí está ella y que a ver si la utilizo de vez en cuando, porque una mente es para pensar, para poner en orden las ideas. Pero yo no tengo ideas, por eso no puedo ordenarlas. Así que intento tenerla entretenida para que no me dé el coñazo. Un poco de música, tele, ordenador... Pero ella venga a hurgar, que si algo tendrás que hacer, que si vaya cacao que tienes, que si piensas seguir siempre igual... ¡Socorro, sálvese quien pueda! Ostras, esta es mi estación. Casi me la paso.

–¿Por qué sse mueven las escaleras? Asssí no hay quien suba.

–¿Te llevo a algún lado?

–Estoy intentando sssalir a la calle. Pero, cuando voy a poner el pie, las escaleras ssse mueven.

–Ven, apóyate en mí. ¿Dónde vives?

–Aquí al lado, en una cassa con ventanass, con muchass, muchass ventanass.

–¿Cuál es el nombre de la calle?

–Duque de Ssevilla. Pero puedo ir yo solo, en sserio. Ssé dónde está.

–¿Seguro que no necesitas ayuda?

–Sseguro, gracias. Por aquí ya no hay más escaleras. Ess usted muy amable.

–Bueno, chico, cuídate.

Ese es un tío legal, de los que te dan confianza. En vez de sermonearme, me dice que me cuide. Igualito, igualito que mis viejos. Macho, espero que hayan salido o estén ya en la cama. Como me vean así... Entraré a oscuras...

–Andrés, ¿eres tú? Estaba ya preocupada... Pero, ¿por qué no enciendes la luz? ¡Hijo! ¿Qué te ha pasado? ¡Carlos, ayúdame!

–Estoy bien, mamá. No me passsa nada. Sssolo estoy un poco mareado.

–Está completamente borracho –dijo mi padre enfadado. Mi madre se echó a llorar.

–Hijo, por Dios, has vuelto a beber. Me prometiste que no volvería a ocurrir. Acabarás alcohólico.

–Todo el mundo bebe, mamá...

–¿Y si todo el mundo se tira por un puente, tú también te tiras?

Me encontraba fatal. No tenía ganas de discutir. Lo único que quería era meterme en la cama y dormir.

–Me voy a acosstar.

–Mañana hablaremos –dijo mi padre.

No pude ni desvestirme. Me desplomé sobre la cama y dormí hasta que me despertó la voz de mi hermana. La sentía como una campana repicando en mi cabeza.

–¡Andrés, Andrés! Me ha dicho papá que te despierte. Es muy tarde y ya sabes que vamos a comer a casa de los abuelos.

Me estallaba la cabeza y me costaba pronunciar una palabra tras otra, pero Paula no estaba dispuesta a marcharse hasta comprobar que me había despertado.

–Vale, vale, pero no chilles con esa voz de pito.

–Si no estoy chillando, Andrés. Mira, te he traído café. Para que luego digas que soy una plasta.

–Gracias, hermanita. ¿Podrías traerme también una aspirina?

–¿Qué pasó? ¿Bebiste mucho?

Emití un gruñido que Paula tomó por afirmación y se marchó a buscar la aspirina.

–Toma, la última que quedaba. Has tenido suerte.

–¡Ay!, baja el diapasón, que me vas a perforar la cabeza.

–¡Jobar, qué mal estás! De verdad que no sé cómo te compensa beber. Anda toma un sorbo de café, antes de que se enfríe.

–¡Ostras, casi me abraso la garganta!

–¡Qué exagerado! Anda, cuéntame qué pasó.

–No hay nada que contar, Paula, de verdad. Salí con los amigos, y ya está.

–¿Y qué pasó con Sara? Llamó esta mañana para ver si habías llegado bien. ¿Habéis vuelto?

–¡Qué va! Hice el ridículo. No sé qué tonterías habré dicho. Y encima delante del mamón ese.

–¿Quién? ¿El pijo?

–Claro, no se despega de ella. Bueno, supongo que es mejor que la olvide. Está claro que Sara no quiere saber nada de mí.

–Pues parecía preocupada.

–Normal. Anoche tenía una cara de muerto que no me reconocía en el espejo. Pero lo que me preocupa ahora son papá y mamá.

–No me extraña, mamá tiene una cara de pésame...

–Ya sabes lo que le gusta dramatizar.

–Bueno, no sé quién está peor, si ella o papá. Tú ya sabes lo contento que suele estar cuando ha ganado el Madrid, ¿no? Pues esta mañana ni me dio los buenos días. Se pasó todo el desayuno con los ojos fijos en el periódico. Pero yo creo que no lo estaba leyendo, porque no pasó de la misma página en todo el tiempo.

–¡Vaya panorama! Me va a caer una bronca... Me parece que esta vez no me salva de la quema ni mi Ángel de la Guarda, si es que lo tengo, claro. Bueno, voy a darme una ducha, a ver si me espabilo.

Mi hermano estaba en el cuarto de baño.

–¿Vas a tardar mucho?

–No, ya salgo.

¡Cómo le envidio! Él es el hijo soñado por mi padre. Alumno brillante, deportista, con una novia tan empollona como él... La vida le sonríe, nunca tiene problemas. Mi madre lo tiene en palmitas. «Carlos, te he hecho un flan por si te quedas estudiando por la noche. Hijo, come, que con tanto estudiar tienes mucho desgaste». Para rato me va a hacer a mí un flan. Está todo el día protestando porque no paro de comer...

–Ya lo tienes libre. ¿Qué tal esa resaca?

–¿Tú también te has enterado?

–Lo han dado en las noticias, ¿qué creías?

–No, en serio. ¿Te ha comentado algo papá?

–No te preocupes, hombre, no creo que te vayan a quemar en la hoguera por agarrarte una tajada. Pero que no se convierta en un hábito, o te las verás con tu hermano, ¿eh?

–Suéltame, joder.

–Pelea como un hombre, vamos.

–Tú lo has querido. Ahora verás...

–¡Huy, qué miedo!

A pesar de ser mayorcito, mi hermano sigue disfrutando con nuestras peleas. Como diría mi madre, a veces somos como críos. Desde pequeñito era un reto vencerle, pero hasta la fecha no lo he conseguido. De pronto tiramos un aplique del pasillo y, al momento, apareció mi madre con esa cara de no-sé-qué-voy-a-hacer-contigo.

–Andrés, parece mentira, después de lo de ayer...

–He sido yo, mamá. He tenido yo la culpa –dijo mi hermano saliendo en mi defensa–. Andrés iba a ducharse y fui yo quien lo provoqué.

–Bueno, pues haced el favor de recoger el aplique y volverlo a poner, si es que no se ha roto. Y tú, Andrés, date prisa en arreglarte que tu padre y yo queremos hablar contigo.

Es increíble, siempre igual. Estamos los dos y, sin saber lo que ha pasado, me echa a mí la culpa. Luego dice que me cabreo. Tengo la sensación de que sobro en esta familia. Mis padres no se resignan a tener un hijo de carne y hueso, están mal acostumbrados. ¡A ver! Por un lado, un superdotado y, por otro, una niña perfecta: guapa, lista, ordenada y obediente. Pues lo siento, pero conmigo se les rompió el molde de la perfección, ¡qué le vamos a hacer Uno tiene sus defectos. Y ahora más. ¡Joder, qué careto! Ya me ha vuelto a salir otro grano. Y no digamos espinillas. ¡Estoy que doy asco! Bueno, Andrés, te guste o no, ese del espejo eres tú. ¿Qué quieres? Desde luego no eres Kevin Costner...

–Andrés, ¿te falta mucho? –gritó mi hermana aporreando la puerta.

¿Y ahora esta qué quiere? En esta casa no le dejan a uno ni autopsicoanalizarse.

–Anda, ábreme un momentito que quiero coger la diadema.

–A ver, pasa... Pero qué cursi eres. Te pareces a la Barbie.

–Y tú a Frankenstein.

–Ya lo sé. No paran de salirme granos. Oye, ¿por qué no me traes esa barrita de mamá que te los disimula?

–Está bien, pero date prisa porque papá me ha preguntado si estabas listo.

Mierda, la que me espera. Me veo ya interno. De esta no me salva ni Superman.

4

Sentado en el salón frente a mis padres, me sentía acusado, condenado y reo de muerte a la vez, y esperaba resignado la sentencia. No sé si sería la resaca, pero me notaba sin fuerzas para enfrentarme a cualquier tipo de ataque verbal. Estaba dispuesto para ser degollado, cual oveja en el matadero, sin soltar ni un alegato en mi defensa. Por eso las palabras de mi padre me dejaron desconcertado.

–Hijo, ¿por qué no nos dijiste lo de Sara?

Supongo que puse cara de esto-no-estaba-en-el-guión, o sea, de lelo integral, porque en seguida mi madre se apresuró a aclarar la pregunta.

–Paula nos ha dicho que Sara te ha dejado y que estás pasando por un mal momento. ¿Por qué no nos lo dijiste?

Lo primero que pensé fue en estrangular a mi hermanita, síntoma de que había recuperado ya mis vísceras. Pero, pasado ese primer impulso, comprendí que lo había hecho para evitarme la muerte segura, o sea, el internado, y sentí una oleada de ternura hacia ella.

–Bueno, eso es asunto mío –rumié más para mis adentros que para el alcance de cualquier oído humano, olvidando que el oído de mi madre es sobrehumano. (No sé si como consecuencia de las horas de silencio con los bichitos de su laboratorio).

–Mira, Andrés, todos tus problemas nos interesan –dijo–. Ya sé que últimamente hemos tenido algunos enfrentamientos. A lo mejor no lo hemos hecho muy bien y no hemos sabido comprenderte, pero te queremos, hijo, te queremos.

Al decir esto, a mi madre se le llenaron los ojos de lágrimas, y a mí también; no me lo esperaba, pero fue como un revulsivo. De pronto, todos los sentimientos guardados durante años en la caja blindada del subconsciente salieron a flote.

–Ya sé que no soy el hijo que esperabais. Siento no ser como Carlos o como Paula y decepcionaros constantemente, pero es muy duro que siempre me estéis comparando con ellos.

–Perdona, hijo, en eso tienes razón –intervino mi padre–. A veces se dicen cosas sin pensar... Ser padre es muy difícil, ya lo verás cuando te toque. Uno no siempre sabe cómo acertar. Si te decimos cosas, es porque sabemos que puedes dar más de ti. Eres un chico inteligente, despierto, con una gran imaginación y un extraordinario sentido del humor. Por eso nos apenaría que no supieras aprovechar esos valores que tienes. Yo sé que a tu edad resulta difícil concentrarse, pero ya sabes lo importante que es tener una buena media para elegir carrera.

–¿Crees que no lo sé? Lo sé mejor que tú. En tu época no la necesitabais.

–Eso es cierto; pero, en cambio, no teníamos tantos medios a nuestro alcance para aprender idiomas, ni para hacer deporte, ni teníamos ordenador...

–Esa es la trampa. Hoy nos exigen que nos convirtamos en héroes, héroes de una sociedad que nos machaca, nos oprime y nos pone todo tipo de trampas. Una sociedad que nos educa para el consumo y nos lanza directamente al paro. Una sociedad donde siempre triunfan los pelotas y los que mejor engañan. Una sociedad que solo se preocupa de que las cosas sigan como están, pero que nosotros estamos dispuestos a cambiar –dije repitiendo el conjuro de Dani.

Aquí intervino mi madre.

–Hijo, no exageres. Es verdad que las cosas están más difíciles, pero no imposibles. Si uno trabaja de firme...

Esto último hizo que me hirviera la sangre.

–¿Trabajar? Pregunta a toda esa pandilla de sinvergüenzas que andan por ahí sueltos cómo consiguieron el dinero. Además, eso es lo que me subleva, que lo más importante en la vida sea trabajar para conseguir dinero. Ese producir y consumir continuo le hace a uno sentirse como un robot.

–Venga, Andrés, ese es un discurso absurdo –saltó mi madre–. Es evidente que necesitas dinero para vivir, pero de ahí a que sea el único objetivo... Yo creo que lo importante es realizar un trabajo que te guste y con el que contribuyas de algún modo a la sociedad.

–¿Y qué pasa cuando no sabes lo que quieres ser o no te dan las medias, como en mi caso?

Mi padre iba a decir algo, pero yo estaba encendido y no le dejé ni abrir la boca.

–No, espera, te lo digo yo... Pues que acabas de currante en algo que ni te va ni te viene. Y...

–Eso es tirar la toalla antes de tiempo –me interrumpió mi padre–. ¿Por qué te rindes sin luchar? En seguida lo das todo por perdido. El que algo quiere... Mira a tu madre, sacó las oposiciones a la vez que cuidaba de tu hermano.

–¿Ya estamos otra vez con las comparaciones? Mi madre es mi madre y yo soy yo.

Mi hermana asomó la cabeza por la puerta.

–¿No íbamos a comer a casa de los abuelos? Pues son ya las dos menos cuarto.

–Ya vamos, vete llamando al ascensor –dijo mi padre para quitársela de encima y terminar una discusión que se había desviado y estaba en un punto sin salida.

Mi madre, con su mente práctica, retomó el hilo inicial y concluyó rápidamente.

–Mira, Andrés, lo que tu padre y yo te queremos decir es que ya va siendo hora de que hagas las cosas por ti mismo, de que adquieras tus propias responsabilidades. Tienes edad de saber lo que haces o dejas de hacer. Y en cuanto a la borrachera, no vamos a castigarte. Solo quiero que sepas que tu abuelo, que era mi padre, murió de cáncer de hígado por culpa del alcohol.

Me quedé de piedra. Ahora entendía por qué mi madre siempre se ponía histérica con este tema. Conociéndola, me imagino lo que le costó hacerme semejante confidencia. Ostras, estuve todo el santo día con un plomazo en la cabeza... Y no era solo por la resaca. Me pesaba un montón toda esa responsabilidad que de pronto me habían echado encima. Acostumbrado al «Andrés, estudia», a las broncas y a los castigos, me sentía desconcertado, como huérfano. No podía quitarme de la cabeza a mi madre, de pequeña, con un padre alcohólico. Hasta la abuela se dio cuenta.

–Andresito, te encuentro raro. Y has comido muy poco. ¿No estarás enfermo?

–No, abuela, solo tengo un poco de sueño.

–Pues échate un rato, anda. Si quieres, vete a nuestra habitación.

–Casi prefiero dar una vuelta a ver si me despejo un poco. Vuelvo en seguida, ¿vale?

Subí por la calle Velázquez y, al llegar a Ortega y Gasset, entré en el VIPS para echar un vistazo a las últimas novedades. Tenía la cabeza como una olla a presión, llena de pensamientos que no circulaban ni hacia delante ni hacia atrás. Me imaginé a mí mismo en una oficina rellenando impresos, de pintor, de cartero, de obrero de la construcción... ¿Y conductor de autobuses? ¿Cómo se vería la vida desde esa caja circulante que engullía y escupía gente sin parar? ¿Me parecerían siempre las mismas caras, los mismos coches, las mismas calles, o circularía cada día por un mundo nuevo y desconocido?

Había pocas novedades. Como vengo a menudo por aquí... Iba a marcharme, cuando me fijé en una chica que estaba sentada en la cafetería, en una mesa cerca de la ventana. Su cara me resultaba conocidísima, pero no era capaz de ubicarla. Tenía los ojos rojos y el rímel corrido por culpa de las lágrimas que resbalaban por sus mejillas dejándole churretes por toda la cara. Me quedé un rato contemplándola hasta que levantó los ojos y me vio. Ostras, era Belén, la tía más buena de la clase, pero costaba reconocerla. Parecía mucho mayor. Me acerqué a su mesa indeciso... Lo mismo no quería encontrarse con nadie conocido. Pero tampoco era cosa de dejarla sola llorando.

–Belén, ¿qué te pasa?

Me miró entre sorprendida y desolada.

–No sé qué hacer, Andrés, es horrible. No sé qué voy a hacer... –musitó.

Estuvo un buen rato repitiendo lo mismo y yo ahí, sentado a su lado sin saber tampoco qué hacer, preguntándole una y otra vez qué le pasaba. Notaba las miradas inquisitivas de la gente, y me sentía incómodo.

–¿Quieres que vayamos a dar un paseo y me lo cuentas?

Se levantó como una autómata y salimos de allí.

–Si tuviera valor, me tiraría por un puente –me soltó a bocajarro.

–¡Pero qué dices, estás loca! Seguro que no es tan grave...

—Andrés, creo que estoy embarazada.

Vaya marrón, tronco, estuve un buen rato buscando palabras. ¿Qué podía decir?: no te preocupes, cuando nazca estarás encantada, los niños son maravillosos; o mejor: hoy día no es ningún problema, abortas y ya está, no tienes que ir a Londres; o quizá: seguro que tus padres lo entienden, tranquila, no te van a matar, lo más que te puede pasar es que te echen de casa...

—¿Te has hecho la prueba? —acerté a decir por fin. ¿Cómo no se me habría ocurrido antes?

—No puedo, Andrés, me da pánico. Imagínate que me sorprenden mis padres. Mi madre tiene la manía de fisgarlo todo. Y no veas cómo es mi padre... militar de los que ejercen en casa.

—Entonces ¿cómo estás tan segura?

—No sé, estoy hecha un lío, Andrés. Mira, yo suelo tener muchos retrasos. Incluso hay meses en que no me viene la regla. Ahora, por ejemplo, llevo ya tres meses. Pero si estuviera embarazada no sería de tanto. Todo lo más de un mes...

—¿No utilizabas ningún tipo de protección?

Me sorprendí a mí mismo haciéndole esta pregunta, tronco. Con lo tímido que soy yo para esas cosas. Ni siquiera con Sara había hablado de ello, porque tampoco íbamos más allá del morreo.

Belén redobló el llanto.

—Ven, siéntate en este banco —le dije rodeando sus hombros con mi brazo derecho.

—Me alegro de que estés aquí, Andrés —dijo hundiendo la cabeza en mi pecho.

Así parecía una niña pequeña y desvalida, como si de pronto se le hubiera caído un disfraz que llevara puesto.

—... Si no hubiera sido por ti, no sé qué habría hecho. Ni siquiera me atrevo a decírselo a mis amigas, qué pensarán..., que soy idiota, claro. Porque no hay otra razón. Le mentí, ¿sabes? Le dije que estaba tomando la píldora y que tenía diecinueve años. Él tiene veintitrés, es fotógrafo. No habría salido conmigo si hubiera sabido que solo tengo quince. Un día fuimos a su estudio para que me hiciera unas fotos. Decía que servía para modelo. Y luego..., bueno, ya sabes, pasó lo que tenía que pasar. Yo estaba muerta de miedo, pero no me atrevía a dar marcha atrás, temía que me dejara...

–Deberías hablar con él –me atreví a insinuar.

–Ya lo hice. Se puso furioso. Justo se acababa de marchar cuando me encontraste.

–No te preocupes, ya se le pasará. Esa es la reacción del primer momento. Ahora lo que importa es salir de dudas. A lo mejor, no estás embarazada... Te debería ver un ginecólogo.

–No conozco a ninguno. Además, ¿de dónde saco la pasta?

–Tía, si la tuviera yo, te la daría, pero estoy más pobre que las ratas. Aún le debo a Dani... ¡Espera! Ya sé lo que vamos a hacer. La hermana de Sara es ginecóloga, ella puede echarte una mano. ¡Qué tonto! ¿Cómo no se me habrá ocurrido antes?

–Lo malo es que se enteraría Sara y no quiero que nadie lo sepa.

–No tiene por qué enterarse. Aunque sea su hermana, los médicos están obligados al secreto profesional.

–¿Tú la conoces?

–Sí, es una tía estupenda. Nos invitó algunas veces a cenar en su casa. Se ha independizado y vive en una buhardilla por Alonso Martínez. Creo que todavía tengo su teléfono por casa. Y si no, lo busco, tú no te preocupes.

Belén parecía más animada. La acompañé al VIPS de López de Hoyos para que se cambiara de ropa en los servicios. Como su padre no le dejaba pintarse ni usar minifalda, salía siempre de casa con una mochila donde llevaba otra ropa y el maquillaje. Tronco, qué alucine, fue una transformación total. Entró con un traje negro cortísimo y salió con unos vaqueros y la cara lavada.

Nada más dejarla en su casa, recordé que les había dicho a mis padres que iba a dar una vuelta. Estarían preocupados, era tardísimo. Me había tirado toda la tarde con Belén. A ver qué trola inventaba yo ahora. Corrí como si me persiguiera la mafia por un ajuste de cuentas y llegué sudando, con la camisa empapada. Todos mis pensamientos estancados volaron por el camino, y los problemas se pulverizaron y desaparecieron de mi mente. No hacía más que pensar en Belén. ¡Qué putada! Y yo que creí que era la tía con menos problemas del mundo. Tenía un cuerpazo imponente, una cara preciosa y no era una empollona, pero siempre aprobaba. Cualquiera del instituto hubiera dado lo que fuera por ligársela... ¡Menudo marrón si estaba embarazada!

5

No sabes qué esfuerzo hay que hacer para levantarse sin haberse despertado, tronco. Me ocurre cada mañana. Es como si te tiran al agua sin saber nadar. Y encima a mi querida hermana le sucede exactamente lo contrario, parece un canario. Pío, pío, pío... Como no me entero de lo que me pregunta, no puedo contestarle y, ¡claro!, se enfada. Luego está mi hermano que siempre se me adelanta en el desayuno y acapara el periódico. Y claro, no puedo comentar con Dani los partidos de fútbol en el recreo. Mi padre se enfada porque sólo leo las páginas deportivas, dice que ya va siendo hora de que me entere de lo que pasa en el mundo. ¿Para qué? ¿Para cabrearme como él? Que si los políticos son unos sinvergüenzas, que mucho prometer en las elecciones para nada y encima sus sueldos los pagamos todos y, total, da lo mismo que sean de un color o de otro, y no digamos el alcalde, que parece un topo, levantando todas las calles de Madrid, y tanta Comunidad Económica Europea para luego bajarnos los pantalones, ¿y para qué sirve la ONU si no hay más que conflictos armados?... Mejor sería que leyera sólo la cartelera. Pero imagina cómo es mi sueño de profundo que ni siquiera estas animadas mañanas consiguen despertarme del todo. Así que es fácil entender el esfuerzo que tuve que hacer, cuando, nada más asomar mi desgarbada y somnolienta figura por la puerta de la clase, Belén se abalanzó sobre mí casi haciéndome perder el equilibrio. Tenía la angustia y el miedo dibujados en su cara. Me agarró con fuerza por un brazo y me echó a un lado del pasillo.

–¿Has hablado con ella? –susurró–. Es que ya ha llegado Sara y no quiero que nos oiga.

Mi cerebro tuvo que hacer un gran esfuerzo para procesar esa información que le llegaba de sopetón cuando aún no se había despertado. Pero por fin acerté a decir:

–Me ha dicho que nos pasemos esta tarde por la consulta, sobre las cinco.

A veces tengo destellos de inspiración que me salvan de las situaciones.

–¡Buf, menos mal! Estoy con una angustia aquí –se señaló el estómago–, que no puedo tragar bocado.

–Tú, tranquila. Vamos a entrar ya, que ahí viene la Rambo, luego hablamos.

Los lunes la Rambo viene con pilas alcalinas. Seguramente el fin de semana se lo pasa en la montaña aspirando cantidades ingentes de oxígeno y soltando todo el anhídrido carbónico acumulado durante la semana en sus pulmones. ¡Qué energía, macho!, ni café ni nada. En dos segundos ya nos había espabilado a todos y nos estaba llenando la cabeza de fórmulas. Por eso ni nos molestamos en mirar hacia la puerta cuando la voz de Dani dijo:

–¿Da usted su permiso?

Pero sí nos volvimos todos al oír a la Rambo preguntarle:

–¿Qué le ha ocurrido a tu pelo?

Tronco, nos quedamos alucinados, Dani se había teñido el pelo de verde.

–¿Mi pelo? –se sorprendió, como si fuera el de todos los días.

–Sí, tu pelo. ¿Qué diablos te has hecho para que tenga ese color?

–¡Ah, eso! –dijo fingiendo indiferencia–. Es por la función clorofílica, ya sabe, lo mismo que les ocurre a las plantas con el sol.

La carcajada que soltamos se debió de oír en todo el instituto. Macho, con qué aplomo lo dijo el tío. La Rambo dudó unos instantes entre soltar un rugido de esos de león de la Metro o mostrarse fría y digna ante semejante tomadura de pelo. Y finalmente optó por lo último.

–Daniel Rincón, el mundo está lleno de graciosos como tú y hasta la fecha nadie los ha contratado. Supongo que estarás muy desesperado para intentar llamar la atención de esa manera. Pero esa es competencia del psicólogo, no mía. Así que siéntate y procura seguir la clase como los demás –dijo fulminándonos con la mirada.

Macho, vaya corte. Hay que reconocer que la tía tiene autoridad sobre nosotros, porque nadie se atrevió a hacer el menor comentario y la clase transcurrió sin ningún otro incidente digno de mención. Sólo al finalizar, nos anunció un examen para el miércoles, y todos empezamos a protestar. Pero ella salió ignorándonos, con la misma energía con la que había entrado.

Dani nos pidió perdón, se sentía culpable del castigo.

–¡Eh, tíos!, lo siento, de verdad. Sólo quería animar un poco la clase. Los lunes son tan aburridos...

–Pues espera a que entre el de Historia. Te va a caer una buena –dijo el Jorgito de las narices haciéndose el gracioso.

¡Será cretino! A buenas horas él se iba a teñir el pelo de verde. Imposible, le falta imaginación. Siempre tan recortadito. Sin una mancha, sin una arruga, sin un pelo fuera de su sitio, sin un grano... Parece una estatua griega. Y no viene de corbata porque lo abuchearíamos, pero estoy seguro de que ganas no le faltan. Pensé en contestarle como se merecía, pero finalmente decidí ignorarlo. No hay peor desprecio que la ignorancia.

También Dani pasó por alto su comentario, porque sacó de la mochila un casco de vikingo y dijo:

–A Nerón le tengo reservada otra sorpresa. ¿Qué os parece? –dijo poniéndose los cuernos en la cabeza–. Uno tiene que meterse en ambiente. ¿No estamos con las invasiones bárbaras?

Este Dani es demasiado, no tiene complejos. Ya me gustaría a mí tener sus agallas y manifestar tan abiertamente mi rebeldía, pero solo de pensar en las consecuencias, me achanto. Me veo poco menos que entre rejas, esposado, con un traje a rayas y una bola en el pie. Y de verdad que el Sátrapa se lo merece, porque es un auténtico dictador. Si le decimos que tenemos muchos deberes y que no podemos con todo, nos contesta que peor lo tuvieron los atenienses en la guerra del Peloponeso y se queda tan ancho. O si le preguntamos qué tipo de examen nos va a poner, dice que dependerá de los astros, ¡no te fastidia! ¿Y de qué depende la nota? Porque con él no sabes cómo acertar: si le escribes mucho en el examen, te suelta que te has enrollado y no has ido a lo esencial; y si le pones cuatro cosas, que te falta la mitad de la pregunta, es la leche.

Cuando entró el Sátrapa, todos contuvimos el aliento. No sabíamos cómo iba a reaccionar al ver a Dani con aquel casco de vikingo, asomándole algunos mechones de pelo verde. Pero, pasados unos minutos sin la menor alusión al disfraz, comprendimos que la Rambo le habría puesto sobre aviso y que pensaba ignorarlo, igual que había hecho yo con el Jorgito de las narices. El Sátrapa empezó a hablar de los visigodos y siguió con el Islam a la velocidad del

AVE, sin pestañear, sin apenas tragar saliva. Si nos descuidamos, se planta en la Edad Moderna.

Al terminar la clase, ya desde la puerta nos anunció:

–¡Ah!, por cierto, mañana voy a preguntar.

Y desapareció antes de que nuestros gritos de protesta consiguieran romperle el tímpano. Estaba claro que todos los profesores se habían confabulado para darnos un escarmiento y dejar bien patente quién mandaba. Supongo que querían evitar que cundiera el ejemplo de Dani entre nosotros y nos subiéramos a sus barbas. Algunos se lanzaron furiosos contra Dani.

–¡Mira lo que has conseguido con tus bromitas!

–¡Eh, un momento! –salí yo en su defensa–. Dani no tiene la culpa de que ese Sátrapa no tenga sentido del humor. Ya está bien de que nos traten como máquinas de hacer exámenes, que parece que es lo único que les importa. Al final somos una nota, se olvidan de que somos seres humanos, tronco. Cualquier día pasan lista así: Aprobado Cortés, Suspenso Hernández... No hay derecho. Todos los profesores se creen que su asignatura es la única y nos tienen machacados.

Hasta los más empollones aplaudieron mi acalorado discurso. Y les encantó lo de Sátrapa. Dijeron que era el mote perfecto, que le iba al pelo, aunque muchos ignoraban que los sátrapas eran los gobernadores de las provincias persas. Además el de Historia era el único profe que no tenía un mote concreto. Lo mismo le llamaban Tutankamon, que Nerón o el Pericles, según el tema que estuviéramos dando.

Ya sé que era una hazaña de segunda, pero me sentí casi como Alejandro Magno después de conquistar su imperio. Sobre todo, porque mis ojos se cruzaron con los de Sara y capté una mirada de reconocimiento y hasta, me atrevo a suponer, de orgullo. Tronco, se me aceleró el pulso y mi corazón se puso a correr como una locomotora. ¿Cómo es posible que ella no sintiera lo mismo que yo en ese preciso instante? Anda que no somos complicados. En cuanto te tocan la fibra sensible, te vuelves estúpido y acabas perdiendo los papeles. Y si no, mira a Belén, en menudo lío se ha metido. Pero la comprendo. ¿Cómo no voy a comprenderla? Yo por Sara también habría hecho cualquier cosa. Bueno, engañarla, como hizo Belén con el fotógrafo, no; y menos para conseguir algo de ella.

Hombre, a veces la engañaba en broma, para hacerla rabiar. Siempre picaba. Se tragaba todas las bolas. No veas el cabreo que se agarró el día que le dije que la habían elegido para hacer una película, cuando se enteró de que era una trola. «Andrés Díez, te voy a matar...» «Adelante, me encantaría morir en tus brazos», le respondí. Y ella, ¡zas!, me tiró al suelo de una llave. Me quedé de piedra. Hombre, yo sabía que hacía taekwondo desde los seis años y que es cinturón marrón, pero no me esperaba que fuera capaz de derribarme, le saco más de una cabeza. Me hice el muerto y volvió a picar. «Andrés, ¿qué te pasa? ¿Estás mal? Contéstame por favor...». «Los muertos no hablan», dije con voz de ultratumba agarrándola por la cintura y dándole un beso en la boca. ¡El primero! Nunca se me olvidará. Estuvimos una hora morreándonos, no nos podíamos separar, parecía que tuviéramos imán. Sara, aunque salga con cien chicas más, nunca te olvidaré, he dicho.

Separé mis ojos de su melena dorada con olor a limón y me encontré con la mirada del Puella. Por lo visto había entrado ya en la clase, y yo sin enterarme.

–Andrés Díez, me alegro de que sepa tanta Cultura Clásica que no necesite copiar las frases en su cuaderno –me dijo con retintín.

Miré la pizarra y comprobé que estaba llena de latinajos. Abrí el cuaderno, saqué un bolígrafo y empecé a escribir con desgana, sin entender cómo había aparecido de repente en la clase del Puella cuando hacía solo unos segundos estaba en los brazos de Sara. Pero así es la vida.

En el recreo Belén y yo hicimos un aparte para concretar los planes de la tarde. Yo notaba la mirada incrédula de los compañeros preguntándose qué hacía una tía como esa con un enclenque como yo. Mañana sin falta empiezo a hacer pesas. De verdad, de mañana no pasa, tronco; verás lo cachas que me voy a poner. El Stallone a mi lado, nada que hacer.

—¿Te preguntó algo? —dijo Belén ansiosa.

—No, solo dijo que no te preocuparas y que hoy nos acercáramos por su consulta sobre las cinco —dije yo disimulando mi nerviosismo.

—¿Le dijiste que no se lo contara a Sara?

—Claro.

—¿Seguro que no sospecha nada? Nos está mirando de una forma muy rara, ¿no crees?

Era verdad. Sara parecía estar más pendiente de nosotros que de lo que le estaba diciendo el Pelota. ¿Tendría razón Dani? A lo mejor estaba celosa. Pero ¿por qué iba a estarlo si yo ya no le interesaba? Claro que, según Dani, si me veía con otra podía volver a gustarle. ¡Qué chorrada! Lo más seguro es que también le extrañara que Belén estuviera conmigo. Porque siempre había salido con tíos mayores que ella, por lo menos de segundo de Bachillerato. La cacé mirándonos y desvió apurada la mirada. Empezaba a gustarme eso de despertarle si no celos, sí cierta intriga, por lo que me pegué intencionadamente a Belén.

—No creo que sospeche nada —le respondí—, lo único que pasa es que estará intrigada, como los demás, por saber qué hace una chica como tú conmigo.

—¿Por qué dices eso?

—Hombre, salta a la vista. Tú estás como un tren, en cambio yo...

–¡Qué tontería! Tú eres...

–No, no lo digas –la interrumpí en un ataque de pánico–. No me digas que soy un buen chico, no lo soportaría. Eso es lo que se dice siempre cuando no hay nada que decir.

–No iba a decir eso, Andrés, aunque es verdad que eres bueno. Pero sobre todo eres muy original, inteligente, divertido... Además, seguro que te habrán dicho muchas veces que estás muy bien, no tengo que decírtelo yo.

–¿Que estoy muy bien? ¡Estás cegata! –grité en un arrebato de los míos–. ¿Tú has visto el careto que tengo?

–Hombre, si lo dices por el acné... No te va a durar toda la vida.

–Eso espero, estoy que doy asco. Oye, te agradezco que me veas con buenos ojos, pero me veo en el espejo todos los días. Y por más que le pregunto: «Espejito, espejito, ¿quién es el chico más guapo del universo?», te aseguro que no me dice: «¡Oh, Andrés, tú eres el chico más guapo del universo!».

Esto último lo dije imitando las voces de la madrastra y del espejo mágico de Blancanieves. Belén soltó la carcajada.

–¿Ves cómo una se lo pasa muy bien contigo? ¡Menudo cómico estás hecho!

¡Qué bien me vino el subidón de autoestima! De pronto, flotaba por las nubes. Me veía igualito que el Schwarzenegger, con todas las chicas del instituto rendidas a mis pies y los productores de cine suplicándome que aceptara sus contratos. Y es que uno es sensible al halago. Qué le vamos a hacer. La carne es débil y el espíritu más, al menos el mío. De verdad que es difícil domesticarlo, está en estado salvaje. Tan pronto me viene el ramalazo de euforia y creo que me voy a comer el mundo como me da la depre y me hundo en la miseria. Pego más vaivenes que la montaña rusa. Un comentario, una nota, una mirada... todo me afecta, soy de cristal. Pues lo que te digo, de repente esa euforia interna se transformó en un ataque de timidez. Y en vez del Schwarzenegger que creía ser hacía tan solo unos instantes, ahí estaba yo, convertido en un pimiento morrón, tartamudeando incoherencias. Mi mirada se volvió a cruzar con la de Sara. Estaba realmente mosca.

El anuncio del fin del recreo vino a salvarnos a los dos de seguir poniéndonos en evidencia. ¡Ufff!

6

Está embarazada, no está embarazada, está, no está...
Mi mente no paraba de deshojar la margarita. Estoy hecho
un flan, tronco, como si Belén fuera a dar a luz y yo fuera
el padre de la criatura. Tengo la impresión de que cada enfermera que sale por esa puerta me va a decir: «Enhorabuena, son trillizos». Qué poco me gustan los hospitales,
macho, solo el olor me marea. Recuerdo el día en que
acompañé a mi madre para que le dieran puntos a mi hermana en la rodilla y me caí redondo al suelo. En cambio,
ya ves tú, Carlos quiere ser cirujano. Vamos, yo tengo que
abrirle a un tío las tripas y no vuelvo a probar carne en
mi vida. Y no te digo el chorizo o las salchichas... ¿Por qué
Belén tarda tanto en salir? No será un aborto... Ese tío que
tengo enfrente es una chimenea, se ha fumado por lo menos medio paquete de cigarrillos, tronco. Él también está
como una pila. De vez en cuando nos cruzamos una mirada de le-acompaño-en-el-sentimiento sin saber exactamente en qué sentimiento nos tenemos que acompañar. Si
estuviera aquí mi madre, a estas alturas, ya sabría toda su
vida y milagros con pelos y señales.

—Andrés, acompáñame por aquí –dijo la enfermera.

Vaya susto me dio, ni la vi venir, como si hubiera caído del cielo. Si padeciera del corazón, me habría quedado seco de un infarto fulminante. Pero como aún soy joven, la cosa quedó en una ligera taquicardia.

—¿Ocurre algo? –pregunté alarmado.

—Nada, nada, tranquilo, tu chica ha terminado ya. Puedes recogerla.

¿Mi chica? Cuando procesé lo que quería decir con eso, ya era tarde para deshacer el equívoco. Hay que ver qué lento soy de reflejos. Me quedé más pasmado que un poste de teléfonos.

Belén tenía los ojos rojos. Se notaba que se había hartado de llorar.

—¿Qué tal? –le pregunté temiendo la respuesta.

—Bien, tenías razón, es una tía muy maja.

Mi mente seguía deshojando la margarita: está embarazada, no está embarazada, está, no está...

—¿Y qué te ha dicho?

—En la exploración no vio nada anormal, pero dice que de todos modos sería muy pronto para saberlo por esa vía. Mañana me harán un análisis de orina.

—¡Ah! –fue todo lo que atiné a decir. Tenía el cerebro como de corcho, tronco. No se me ocurría nada–. Mañana va a preguntar el de Historia –dije con esa puntería mía para arreglar situaciones.

—Siento que hayas perdido toda la tarde por mi culpa –se disculpó Belén abatida.

—¡No seas tonta! ¿Tú crees que yo me iba a poner a estudiar? Si hubiera querido hacerlo, me habría traído el libro. ¡Que se fastidie el Sátrapa! Lo que nos ha hecho es una cabronada.

—Yo tampoco voy a poder estudiar, espero que no me pregunte.

–No te preocupes, me preguntará a mí. Como es tan generoso, querrá aumentar mi capital de ceros. Si sigo así, dentro de poco me compro una finquita en el Peloponeso.

Belén se rió de la gracia. Para animarla me pasé el resto del camino haciendo el payaso. Al llegar a su casa, me dio un beso en la mejilla.

–Gracias, Andrés, no sé qué habría hecho sin ti. Eres un tío genial, de verdad.

Cuando llegué a casa, la euforia me salía por las orejas. Me puse los cascos y, con Los Rodríguez a todo volumen, empecé a dibujar. Me hervía la sangre y la cabeza me explotaba de ideas; ideas que el lápiz recogía con rapidez. Aunque, en realidad, no sé si era mi mano la que llevaba al lápiz o si era el lápiz el que me llevaba la mano, pero me gustaba lo que salía en el papel. *Cada corazón merece una oportunidad y está perdida sola en medio de la ciudad.* De repente, en el papel surgió Retoñito, con su cabeza de triángulo invertido rematada por dos retoñitos de pelo y su nariz de media luna. Abrió la nevera que acababa de dibujar y sintió una gran decepción al encontrar solo telarañas. Retoñito salió a la calle, su cabeza la ocupaba por completo el apetitoso bocata de chapas que se pensaba tomar en el bar de la esquina. Me apresuré a dibujarlo antes de que Retoñito volviera a sufrir una nueva decepción. Casa Pepe, especialidad del día... Bocata de chapas, decía el rótulo con luces de neón. El bar estaba vacío, tan sólo la camarera detrás de la barra. Tenía una bolsa de agua caliente en la cabeza, el último grito en sombreros. Retoñito pidió tímidamente su bocata de chapas. La camarera abrió el féretro que estaba a sus espaldas y...

–Andrés, ayúdame a poner la mesa –dijo mi hermana quitándome los cascos–. ¡Qué pasada de dibujos! ¿Estás haciendo un cómic?

–Estaba haciendo un cómic.

–Bueno, no te enfades conmigo, es que me ha dicho mamá que pongamos la mesa.

–¿Tú no sabes que es peligroso interrumpir a un artista en plena creación?

–Venga, Andrés, no hagas el tonto.

–¿Tú no sabes los efectos que puede causar un cortocircuito en el cerebro?

–¡Andrés, suéltame!

–Soy Andrenstéiiiin.

–¡Estás loco!

–Síiiiiiii.

–¡Mamáaaaa!

–No grites, tonta.

–Pues no te pongas así, que me da miedo.

–¿Por qué no le dices a Carlos que te ayude?

–Está estudiando, ya sabes que tiene exámenes.

–¡Nos ha jorobao! Y a mí me va a preguntar mañana el de Historia y pasado tengo un examen de la Rambo.

–¡Qué morro!, pero si no estabas estudiando. Además, no compares un examen de Medicina con lo tuyo. Anda, vamos, que mamá está a punto de terminar la cena y a papá le duele la cabeza.

Por el pasillo venía cierto olor a chamusquina.

–¡Puf, qué tufo! Espero que no se haya quemado la cena. Últimamente mamá está de lo más despistada, todo el día pensando en sus microbios.

–¡Chist!, no grites, no son los microbios, yo creo que está así por los problemas de papá. Me parece que lo van a echar de la fábrica.

–¡No digas chorradas! Mira que te gustan los culebrones...

–El otro día les oí comentar que la fábrica tenía problemas y estaban echando a un montón de gente.

–Eso no significa que vayan a echar a papá.

–Bueno, calla ahora, que nos va a oír.

Mi hermana tiene un olfato especial para detectar cualquier cambio o novedad en la casa por insignificante que sea. Carlos dice que debía dedicarse a inspectora de Hacienda. ¡Menudo control! Espero que en esto se equivoque. La verdad es que, pensándolo bien, últimamente los dos actuaban de una manera un poco extraña.

–¡Qué, tronca! ¿Se te ha quemado la cena? –le dije a mi madre abrazándola en un ataque repentino de ternura.

–Ha sido una tarta de manzana que dejé en el horno. Me puse a leer el periódico y se me fue el santo al cielo. Ya ves qué desastre.

–¡Qué mala pata! Para una vez que te pones a hacer alta cocina...

–Pues haberla hecho tú –me atacó mi hermana tratando de defenderla–. Mamá no puede estar en todo.

–Bueno, tranquila, niña, no te pongas así, que no he dicho nada. Qué carácter.

Durante la cena se hizo un silencio espeso, de esos que te empiezan a zumbar en los oídos y te obligan a buscar algo que decir.

–Papá, ¿qué tal te ha ido hoy por la fábrica? –dije con mi famosa puntería.

Paula me dio una patada por debajo de la mesa y, para salvar la situación, empezó a soltar un rollo tremendo donde estaba implicada media clase. Tío, se tiró media hora hablando a todo meter y no nos enteramos de nada. Que si Rocío le dijo a Andrea, que si Andrea le dijo a Regina, que si Regina le dijo a Javier... ¡Menudo follón!

–A ver, que yo me aclare –intenté resumir–: en tu clase tenéis un problema de histeria colectiva, ¿no?

Paula me soltó otra patada. Empezaba a dolerme la espinilla. Carlos estaba ausente, más arriba de las nubes. Estaría repasando la Anatomía por dentro. Papá miraba a

Paula aparentando un interés que estaba lejos de sentir y mamá parecía hipnotizada.

—Mamá, este niño es lelo —dijo Paula fastidiada—. ¿Cómo has podido crear semejante monstruo? Estoy segura de que se le fundieron los plomos al nacer.

—¡Qué aguda! Por favor, señorita, ¿podría repetir de nuevo la frase para apuntarla en la enciclopedia de frases célebres? —dije con voz de reportero.

—Venga, Andrés, deja en paz a tu hermana —dijo mi padre. Y levantándose, añadió—: Si me disculpáis, me voy a la cama, me duele un poco la cabeza.

—En seguida te preparo una manzanilla para que te tomes la aspirina —le dijo mi madre solícita, y se marchó en dirección a la cocina.

—Te toca recoger la mesa —me dijo mi hermano.

—¡Y un cuerno! Paula y yo la hemos puesto. Además, ayer la recogí yo.

—Tiene razón Andrés —me apoyó Paula.

—Entonces te toca recoger a ti —le dijo Carlos.

Es un abusón. A veces me recuerda al Sátrapa. Yo no sé por qué estudia Medicina, porque lo suyo es mandar. Se pasa la vida dando órdenes a los demás. Y encima, la pringada de mi hermana va y le hace caso.

—Bueno, vale, recojo yo, pero me debes una —le contesta la muy tonta, cual felpudo bajo sus pies.

—¿Una, dices? Un ciento te debe —le recuerdo—. A mí nunca me haces esos favores.

—Porque tú no pegas sello, Andrés. Aquí hay que presentar causa justificada, como en el instituto cuando no vas.

—Está bien, a partir de hoy me haré funcionario de Correos.

—Ja, ja, ¡qué agudo! Por favor, caballero, ¿sería tan amable de repetir el chiste para ponerlo en el libro de *Los peores chistes del mundo*?

–Tablas –dijo mi hermano poniendo pies en polvorosa. A pesar de ello, la servilleta mojada que le lancé le cayó en el cogote. Tío, ¡la que se montó! En un segundo estábamos los tres armados hasta las cejas: mi hermana con la fregona, mi hermano con una bayeta empapada y yo con el escobón. Cuando el combate estaba al rojo vivo, apareció mamá, que volvía de llevarle la manzanilla a nuestro padre.

–¿Se puede saber qué es todo este escándalo? ¿No os habéis enterado de que a papá le duele la cabeza? A veces parecéis críos. Mirad cómo habéis puesto la cocina.

Era verdad, estaba llena de charcos.

–No te preocupes, mamá, ahora mismo la limpiamos –dijo Paula arrepentida.

–Sí, mamá, tú tranquila, relájate, ponte cómoda, lee el periódico –dije empujándola con suavidad hacia el salón–. ¿Quieres algo? ¿Un café? ¿Copa? ¿Puro? Tenemos flan, natillas, arroz con leche, piña y melocotón –recité con voz de camarero.

–Payaso, que eres un payaso –me dijo riéndose.

Su risa supuso un gran alivio, tronco, ahuyentó los fantasmas que desde hacía un rato flotaban sobre nuestras cabezas. Sentí nostalgia de mi niñez, cuando me arropaba y me leía el cuento de buenas noches. Yo siempre trataba de alargarlo haciéndole mil preguntas. «Este niño tiene mente científica, como tú», decía mi padre. ¡Mente científica! Que se lo pregunten a la Rambo.

–¿Quieres que te cuente un cuento? –le pregunté en un arrebato sentimental. Y noté que le gustaba.

–Todavía hace poco te los contaba yo a ti –dijo poniéndose también nostálgica.

–Espera, no te muevas. Vengo en un santiamén.

Cogí el cómic de Retoñito y se lo llevé.

–¿Te gusta? –le pregunté.

–Es muy bueno. ¿Lo has hecho tú?

–Sí.

–Siempre se te ha dado muy bien el dibujo. En eso saliste a tu abuelo. Te pareces tanto a él... –remató con cierta tristeza.

Se refería a su padre, o sea, a mi abuelo el alcohólico. ¿Hasta dónde llegaría la influencia de los genes? A partir de mañana, nada de calimocho y todos los días una hora de pesas. Verás tú qué pectorales.

7

Cada vez que paso por delante de la Fuente de los Delfines, me acuerdo de Sara, no lo puedo remediar. Incluso por las mañanas, que voy más dormido que despierto. ¡Uf, qué tarde es! Ya puedo correr si quiero llegar a tiempo. Aunque correr dormido es como remar contracorriente. Me siento como un muñeco cuando se le termina la cuerda. Todos los miembros de mi cuerpo se mueven a su aire, sin ninguna coordinación...

Llegué al instituto exhausto y me desplomé en mi sitio justo a tiempo para participar en la pitada que le cayó al Pelota cuando entró en clase. ¡Vaya pinta! Se había afeitado la cabeza al uno. Después de la pitada vinieron los abucheos y el cachondeo.

–¡Eh, tú! ¿te han llamado a filas?

–Un-dos, un-dos, un-dos... ¡Alto! Recluta Jorgito, ¡presente armas! ¡Ar!

–¿Dónde tienes el macuto, soldadito de plomo?

¡Menudo pitorreo se armó! Creo que lo ha hecho para llamar la atención y para no ser menos que Dani con su pelo verde. Parece salido de una película del Tercer Reich.

¿Le seguiría gustando a Sara ahora con esa pinta de nazi? Con las tías nunca se sabe. Como ella aún no había llegado, se perdió el recibimiento que le hicimos. Entró corriendo delante del Sátrapa y, al pasar por delante de mi mesa, me soltó:

—Eres un cerdo.

Me quedé de piedra, tronco, igualito que la mujer de Lot cuando se convirtió en estatua de sal, no podía ni respirar. ¿Un cerdo yo cuando fue ella la que me dejó por otro? Es lo más injusto que he oído en mi vida. Seguro que debajo de la mesa se podían encontrar jirones de mi alma, todavía huérfana, esparcidos por el suelo. ¿Qué le había hecho yo para que me insultara así? Empecé a repasar el día de ayer segundo a segundo, fotograma a fotograma, y me detenía en aquellos en que aparecía su mirada, aunque fuera de refilón. Después de un rastreo a fondo, tiré todos los fotogramas a la papelera y dejé únicamente los del recreo, cuando yo estaba con Belén. ¿Era eso lo que le había fastidiado? ¿Creía que yo estaba saliendo con Belén? Y aunque así fuera, ¿por qué era un cerdo? ¿No me había dejado ella por el Pelota? ¿Acaso se pensaba que yo iba a estar un mes de duelo, con brazalete negro para que me viera todo el mundo? Sara, ¿cómo has podido cambiar tanto en tan poco tiempo? Huye de las garras de ese pijo antes de que te destroce.

Como la tenía de espaldas, solo veía su melena dorada. Hoy se había lavado la cabeza y la tenía de anuncio. Pero lo que yo quería era ver sus ojos color miel. Los ojos la delataban siempre, aunque se empeñara en disimular. Como el día en que me vio con la novia de mi hermano sin saber que era la novia de mi hermano. No me dijo que me había visto, pero de sus ojos salían chispas, como hoy. Bueno, hoy mucho peor, creo que le hubiera gustado fulminarme con ellos.

–Jorge Diéguez y Andrés Díez.

Al escuchar mi nombre en labios del Sátrapa, salté como si me hubieran apretado un resorte.

–Presente –contesté levantándome.

La clase estalló en una sonora carcajada. Por lo visto, no estaba pasando lista y había metido la pata.

–Veo que estaba usted muy atento a lo que yo estaba diciendo –comentó con sorna.

Esperé en silencio la aclaración y el responso que seguramente vendrían a continuación.

–Su compañero de trabajo se encargará de ponerle al día sobre lo que tienen que hacer. Ha tenido suerte de que le tocara con un alumno tan competente e interesado en la asignatura. Espero que al menos él sea capaz de contagiarle su entusiasmo, ya que yo no lo consigo.

Mi cerebro, con la lentitud del caracol, trataba de unir las piezas de la información que le llegaba, a la vez que se resistía con firmeza a procesar la conclusión que sacaba de todo el asunto. ¿Se estaba refiriendo al Pelota? ¿Me estaba diciendo que tenía que hacer un trabajo con ese pijo de mierda? ¡Menuda puntería la del Sátrapa! Entre todos los alumnos, me había ido a emparejar precisamente con el Jorgito de las narices. Antes, la muerte.

–Parece que nos ha tocado juntos –vino a decirme con sonrisa de caimán en cuanto acabó la clase, será cretino.

–Piérdete, ¿quieres? –le dije con rabia.

Se encogió de hombros con cara de está-bien-te-perdono-la-vida y volvió a su sitio. Dani se acercó a darme el pésame.

–Tío, vaya putada.

–Esto no es normal, Dani, o yo soy gafe o el Sátrapa tiene un radar especial para captar las ondas negativas.

Aquí se terminó nuestra conversación, porque entró el Salivazos y empezó a ducharnos a todos. Luego esclavizó nuestras mentes con un surtido de problemas y, como despedida, nos anunció un examen para el viernes. Lo que faltaba, esto parece una conspiración para acabar con nosotros.

Le expusimos razonablemente nuestra dificultad para afrontar tantos exámenes a la vez, apelamos a su conciencia de ser humano, tratamos de machacarle la fibra sensible y hasta le amenazamos con un suicidio colectivo, pero nada de ello valió, tío. Venía a piñón fijo y no hubo manera de hacérselo cambiar. Me pregunto cómo llega uno a convertirse en un ser tan implacable, ¿o es una piel de rinoceronte de quita y pon que utilizan los profes para entrar en clase?

Belén me lanzó una mirada desesperada. Sí, lo de ella era peor que lo mío, pero mi horóscopo hoy también me había arreado unos cuantos guantazos. En cuanto se marchó el Salivazos, me acerqué a su mesa.

—¿Vamos fuera? —le dije.

Sara pasó por delante de nosotros como una pintura egipcia, o sea torciéndonos la cara para hacer bien patente que se sentía ofendida.

—¿Qué le pasa? —me preguntó Belén escamada—. ¿Seguro que no le ha dicho nada su hermana?

—Claro que no. Es por mí, no te preocupes —la tranquilicé. Pero no le dije que me había llamado cerdo para no añadir leña al fuego.

—Estoy tan nerviosa que hasta tengo ganas de vomitar. No he pegado ojo en toda la noche.

¿Vomitar? ¿No era ese un síntoma de embarazo? Se me puso un nudo en el estómago... Bueno, ya no faltaba mucho para salir de dudas.

—Anda, vamos al patio, te vendrá bien el aire. A mí cuando estoy nervioso me ocurre lo mismo, se me pegan las tripas y tengo ganas de vomitar y me salen espumarajos morados por la boca y me entran unos trembleques que parece que voy en tren y me salen moscas por los oídos y...

–¡Qué payaso eres! Siempre consigues hacerme reír. Y ya es difícil, que no estoy yo para bromas.

–Bueno, es un gran consuelo saber que puedo ganarme la vida en un circo, porque de otra manera lo tengo chungo. Esta evaluación la cateo entera.

–Es que se han pasado, Andrés. Yo tampoco sé lo que voy a hacer, con esta tensión no puedo concentrarme. Y como catee, mi padre me monta un pollo que no veas. Hasta el aprobado le parece poco.

–Y yo que creí que el mío era exigente.

–Pues ya ves que los hay peores. Desde pequeñita me tiene sometida a una presión tremenda. Dice que una hija suya tiene que ser perfecta. ¡Uf! No te imaginas lo que es ser hija única, siempre eres el punto de mira, no me dejan respirar. Mi madre está todo el día pendiente de lo que hago. Que por qué no me pongo la faldita tan mona que me compró, que si como poco, que si como mucho, que si la carne está mejor con la salsita, que a ver dónde he estado..., como está siempre en casa.–Bueno eso debe de ser algo común a todas las madres. La mía también parece de la Gestapo. Y eso que sus microbios la absorben un montón.

–¿Sus microbios?

–¡Ah, sí! Es que trabaja en el Consejo Superior de Investigaciones Científicas.

–Pues imagínate que, en lugar de ser tres hermanos, fueras hijo único y tu madre estuviera todo el día en casa, te volvería loco. A veces pienso que a la mía le gustaría convertirse en mi sombra.

–Sí que lo tienes difícil...

–Hombre, es verdad que es bastante comprensiva: entiende que me ponga una minifalda o vaya a un concierto. Incluso algunas veces da la cara por mí ante mi padre. Pero le tiene miedo. Está acostumbrada a hacer siempre todo lo que él dice. Es como si le hubiera anulado la personalidad. Un día nos pilló a las dos en plan rapero, bailando descalzas en el salón con la música a todo volumen y no veas la que le montó. Que parecía mentira, que vaya ejemplo me daba... ¡Huy, qué tarde es, cómo me he enrollado! Ya habrá empezado la clase. A ver cómo resisto las horas que nos quedan. Tengo una invasión de hormigas en el estómago... Por cierto, ¿sería abusar mucho de ti pedirte que me acompañaras a recoger el resultado del test?

–¿Acaso pensabas que te ibas a librar de mí así como así? Además, menuda decepción se llevaría la enfermera, cree que tú eres mi chica.

–¡Qué más quisiera yo!

–¡Mentirosa!

–Lo digo en serio, Andrés. No es fácil encontrar un tío legal, que dé la cara por ti y te apoye como tú lo estás haciendo conmigo.

Al decir esto se le empañaron los ojos de lágrimas. También a mí se me hizo un nudo en la garganta. Para disimularlo, volví a hacer el payaso.

–El Puella nos va a cortar el cuello por entrar una vez empezada la clase. ¿Crees que si le decimos: Puella, *morituri te salutam*, nos perdonará la cabeza?

–Calla, tonto, que me va a entrar la risa.

Durante la clase del Puella rescaté a Retoñito y lo puse a hablar latín con las frases que teníamos que traducir. Lo *impavidus* que se quedó César cuando Retoñito le soltó: *Volo habere tuam gloriam*, o sea, quiero tener tu gloria. Hasta se le cayó el laurel, tío. Y para rematarlo, añadió agitando una lata de cola: *dulce et decorum est pro patria mori*, o sea, es bello y honroso morir por la patria. Dicha esta frase lapidaria, abrió la lata y la cola salió como un géiser, bautizando a César, que cayó fulminado de un ataque al corazón. Y así fue como Retoñito alcanzó el laurel y la gloria de César. Si no se cuenta en los libros, es, como diría el Puella, por no ensuciar el límpido historial de tan afamado prócer.

Estaba tan absorto en mi trabajo que ni me di cuenta de que se había acabado la clase de Cultura Clásica y estábamos en la de Literatura.

–Andrés, es muy bueno eso que estás haciendo, ven a hablar conmigo al final de la clase.

Qué rabia, macho, justo me va a pasar con Irene. Se me encendió la cara al rojo vivo. Me sentí como un tomate maduro pinchado en medio de la huerta. Si me hubiera pillado dibujando cualquier otro profesor, me hubiera dado lo mismo, pero ella no se lo merecía, es una profesora majísima. Siempre nos ayuda, habla de todo con nosotros, se preocupa por nuestros problemas y nos contagia su entusiasmo por los libros...

–Irene, por favor, perdóname, lo siento... no me di cuenta...

–No me has entendido, Andrés, no voy a castigarte. Ya sabes que lo que hagáis en mi clase, mientras no molestéis, es cosa vuestra. Si no logro interesaros, la culpa es mía.

–No es eso, Irene, no pienses que no me interesan tus clases, porque precisamente son las únicas que me interesan. Pero estaba tan concentrado, que no me di cuenta de que habíamos cambiado de clase y...

–La verdad es que el cómic se lo merece; me refiero a la concentración –añadió al ver mi cara de besugo de secano–. No sabía que tenías ese talento para el dibujo, Andrés. Está francamente bien. Después de clase me gustaría comentarte algo que te puede interesar, ¿de acuerdo?

Me ardía la cara como si tuviera dentro un volcán y me sentía levitar. Un elogio así de la profe de Literatura... Por fin el horóscopo había decidido darme una tregua, menos mal. Uno llega a pensar que su cerebro es un PC, tronco: abre archivo, guarda, tira a la papelera, cierra archivo... Menos mal que el pensamiento es libre. Bueno, el mío, indomable, vamos, que no se acostumbra a funcionar como una maquinaria y a cambiar de chip a toque de corneta. Necesita sus momentos de reflexión y de barbecho, o sea, de estar sin hacer nada. Pero vete a contarle eso a la Rambo. ¡Qué nervios! ¿Qué iría a decirme? Estaba deseando que terminara la clase. Me había dejado intrigadísimo. Espero que a Belén no le importe esperar cinco minutos. José me pasó un papelito: «Te dije que eras un genio». Era de Belén. Tío, ni que tuviéramos telepatía. Nos cruzamos una mirada de complicidad, interceptada por el filo de la mirada de Sara. Si hubiera sido una espada, habrían rodado nuestras dos cabezas en el acto.

Cuando terminó la clase, me acerqué a la mesa temblando. Me aterraba que la profe pudiera oír las campanadas de Fin de Año que sonaban en mi pecho en vez de los latidos del corazón.

–¿Entonces, te gustó? –dije abalanzándome y obsequiándola con un pisotón del cuarenta y seis.

En momentos así, me gustaría que me tragara la tierra, soy un patoso. Si es que tengo unas piernas que no caben en ningún sitio, tropiezan con todo.

–Lo siento... ¿Te he hecho daño?

–No te preocupes, ha sido culpa mía, no te he visto venir –dijo con esa voz de ángel que tenía.

–Como dijiste que querías comentarme algo...

–Sí, al ver ese cómic tan bueno que estabas haciendo, he pensado que podrías hablar con mi marido. Trabaja en diseño gráfico y podría orientarte. ¿Tienes más dibujos?

–Sí claro... bueno... tengo muchos... pero no sé si sirven...

¿Por qué en situaciones así nunca soy capaz de poner una palabra tras otra de manera coherente? Odio parecer un imbécil.

–Si te parece, preparas una carpeta con los dibujos que tengas y quedamos un día para que se los enseñes a Sergio.

¿Que si me parece? Ostras, me parece de película. Por fin entiendo eso de alcanzar las estrellas y la luna; en ese instante tenía el firmamento entero a mis pies. Iba de Orión a la Osa Mayor subido en la Vía Láctea. Hasta que el dichoso Pepito Grillo, que siempre tiene que poner su toque aguafiestas, empezó a decirme que dejara algo para cuando recogiera el Oscar, que tampoco era para tanto, que Retoñito no era Astérix ni Tintín... Entonces me acordé de Belén, con la euforia casi había olvidado lo de su embarazo. ¿Embarazo? ¿Seré gafe? ¿Por qué habré dicho lo de embarazo si aún no sabemos si lo está? Me volví hacia ella, que estaba esperándome en su mesa.

–Estás encantado, ¿no? –me preguntó.

La verdad es que no había que ser Sherlock Holmes para darse cuenta de que la euforia me salía hasta por las orejas. Pero intenté disimular mi alegría y quitarle importancia al asunto, aunque solo fuera por solidarizarme con su estado de ánimo.

–Bueno, ya sabes cómo es Irene, siempre trata de animarnos...

–¿Por qué tienes tan baja la autoestima? No te ha dado ánimos, te ha dicho que tienes mucho talento, y es verdad. Deberías presentarte a un concurso.

–A ver lo que me dice su marido. Pero lo que importa ahora eres tú, ¿qué tal estás?

–Muerta de miedo. ¿No podrías ir tú solo?

–Bueno, a ver qué tal lo hago. Mire, por favor, venía a que me dijeran si espero gemelos o trillizos –dije poniendo voz de sarasa.

–¡Tonto! –dijo Belén pegándome con la mochila–. Te lo digo en serio, me tiemblan las piernas.

¿Qué podía decirle? Qué mal inventadas estaban las palabras en momentos como ese. Cualquier cosa iba a sonar a gilipollez y a mentira. No me extraña que le tiemblen las piernas. Entras por la puerta siendo una y, de pronto, sales siendo dos. Joder, y yo qué empeño de ponerme en lo peor. Como no se me ocurría nada mejor, le di un beso en la cara. Y ella me lo devolvió en los labios. De pronto, sin saber cómo ni por qué ahí estábamos los dos, a la puerta del hospital, besándonos. Cuando me di cuenta de lo que estábamos haciendo, reaccioné y dije con voz de ingeniero de la NASA:

—Y ahora... cinco, cuatro, tres, dos, uno... ¡Adentro!

La agarré de la mano y traspasamos la puerta. La notaba rígida y tenía la mano helada. La verdad es que debía de ser bastante peor que cuando te daban el boletín de notas lleno de suspensos. Preguntamos en información dónde teníamos que recoger los resultados de los análisis y nos señalaron una ventanilla. Cuando llegamos allí, Belén no pudo pronunciar palabra, se había quedado muda.

—Venimos a recoger unos análisis —dije apretándole fuerte la mano.

—¿A nombre de quién?

—De Belén Palacios —volví a decir en vista de que Belén no recuperaba el habla.

La enfermera nos tendió un sobre cerrado a nombre de Belén y nos informó:

—La doctora Jiménez dejó recado de que se pasara por la consulta.

A Belén se le descompuso la cara y le empezaron a sudar las manos a chorros.

—Ábrelo tú, yo no puedo —murmuró temblando.

Intenté ser útil y abrir el sobre de manera eficiente, pero mis manos en ese momento eran las de King Kong. Y terminé desgarrándolo por la mitad.

—¿Qué pone? —preguntó Belén, lívida.

—¡Negativo, no estás embarazada! —grité eufórico y la abracé como si nos reencontráramos después de cien años.

Los que estaban esperando a entrar en la consulta se quedaron mirándonos con cara de hay-que-ver-qué-pena-cómo-está-hoy-la-juventud. Pero estábamos tan felices, que nos importó un rábano. Ya casi estábamos en la calle cuando recordamos lo que nos había dicho la enfermera y tuvimos que volver sobre nuestros pasos hasta la consulta de la hermana de Sara.–¿Qué, pareja, buenas noticias? –nos abordó su enfermera.

Y dale con emparejarnos. Qué tía más pelma. Menos mal que Julia nos recibió en seguida y no tuvimos que aguantar mucho tiempo sus miraditas de no-voy-a-saber-yo-de-qué-va-el-tema.

Una vez en la calle, Belén me dijo:

–Oye, lo de antes...

–Ya lo sé –le corté–, no significa nada, estabas nerviosa. Bueno, los dos estábamos nerviosos, no te preocupes. Esas cosas pasan...

–No es eso, para mí significas mucho, Andrés y además... creo que... bueno..., que me gustas. Hasta hoy no me había dado cuenta. Estaba tan centrada en mi problema...

–¿Y el fotógrafo? –la interrumpí.

–No quiero saber nada de él, es un cerdo.

Las palabras de Sara me volvieron a retumbar en la cabeza. «Eres un cerdo».

–Estás pensando en Sara, ¿verdad?

–¿Cómo lo sabes? –dije sobresaltado por su capacidad para adivinarme el pensamiento. Creía que mi madre tenía la exclusiva.

–Porque soy bruja, eso dice siempre mi madre. Aún te importa Sara, ¿a que sí? Bueno, no hace falta ser muy lista para darse cuenta...

–Yo... quiero decir, ella...

Ya estaba otra vez en plan zombi. Cómo odiaba esas situaciones.

—No te preocupes, lo entiendo, seguiremos siendo amigos. No me gustaría perderte ahora.

—Ni a mí tampoco –le respondí. Y, como también odio ponerme sentimental, empecé a correr–. ¡El último, cebolla!

8

Qué cacao mental, no sé si estoy triste o contento. Bueno, en realidad, creo que tengo los dos sentimientos a la vez. Ya sé que son antónimos (qué contenta se pondría Irene al ver que sus enseñanzas sirven de algo), pero también hay helados de nata-fresa, ¿no? Pues yo, igual. En este momento soy un triste-contento, extraño espécimen perteneciente a la raza de los *pre-homines* (¡Toma ya! Para que diga el Puella que no sabemos latín), ese estado amorfo, entre el niño y el hombre. Como diría mi abuela, ni chicha ni limoná. Y encima, triste-contento. ¿Te resulta difícil de entender? Pues como a mí, que voy de oca en oca y tiro porque me toca. Si pienso en Retoñito y lo que me dijo Irene, doy saltos de alegría; pero, en cuanto me acuerdo del trabajo que tengo que hacer con el Pelota, entro en estado catatónico. Y ya no digamos si pienso en Sara y en Belén, entonces me entra la depre fulminante. ¿Quién me iba a decir a mí que yo, en lugar de caer rendido a los pies de Belén, la tía más buena de la clase, me iba a poner a pensar en Sara? Esto es como lo de la cuadratura del círculo, tronco. Y luego está el ser o no ser: ¿por qué diablos soy un cerdo? ¡Es la leche! Y encima, mi hermanita, con el machaque de Los Rodríguez, que parece que hicieron la cancioncita de marras pensando en mí. *Mis amigos me dijeron: Andrés, no te enamores la primera vez...*

–Paulita, rica, ¿no puedes quitar esa canción?

–¿Qué pasa, no te gusta? Encima de que te la han dedicado...

–¿Quieres que me convierta en Andrenstéiiiiin?

–¡Quieto, bruto, me vas a ahogar! Yo, en tu lugar, me olvidaría de Sara y pensaría en Andrea, está colada por ti, en serio, no sabes la lata que me da...

–Y tú no seas celestina, que no estoy yo para líos. Sara me ha llamado cerdo y no sé por qué. Me voy a volver loco.

–¿Cómo fue?

–Pasó por delante de mi mesa como una energúmena y, así sin más, me soltó: «Eres un cerdo».

–Tío, lo tuyo es un caso perdido, olvídate de ella de una vez.

–Tienes razón, pero necesito saber por qué me ha llamado cerdo.

–¿Te has visto comiendo? Grrññ, grrññ. ¿Y qué me dices de tus eructos atómicos? Cualquier día se va a caer la casa... ¡Ay, suéltame, australopiteco!

Iba a hacerle burla, cuando me vino una idea genial a la cabeza.

–Bueno, si me haces un favor, te suelto.

–Vale, vale.

–¿Llamarías a Sara de mi parte?

–¿A Sara? ¿Y qué quieres que le diga?

–Solo que preguntes por ella y, cuando se ponga, me la pasas.

–¿Y por qué no la llamas tú directamente?

–Porque no se pondría. ¡Anda, hazme ese favor, llámala!

–Está bien, pero tengo que pensar en una estrategia...

Mi hermanita puso cara de inventora-pariendo-un-invento.

–¡Venga, tía, que es para hoy!

–¡Ya lo tengo!

Marqué el número de Sara con el corazón casi en la boca.

–¿Está Sara? –preguntó mi hermana.

–...

–De una amiga.

Tengo que admitir que mi hermanita es muy lista.

–Oye, Sara, soy Paula. Te llamo porque Andrés está a punto de suicidarse. Nunca le he visto tan mal... –empecé a darle codazos y ella a hacerme señas de que me callara. La verdad es que se estaba pasando. ¿Qué iba a pensar Sara de mí? Que además de cerdo era gilipollas–. Ha venido pálido, se ha tumbado en la cama y no habla. Creo que está en estado de *shock*. Como tú lo conoces bien, he pensado que a lo mejor le puedes ayudar...

A punto estuve de ahogar a mi hermana. Le dije por gestos que se callara o le retorcería el pescuezo. Pero ella me ignoró y siguió hablando como si nada. Empezaba a creerse su papel.

–...

–Seguro que a ti sí te habla.

Le dije que no con el dedo. Después de lo que le había dicho mi hermana, me sentía totalmente incapaz de hablar con ella. ¿Qué le estaría diciendo Sara? Los prolongados silencios de mi hermana me producían una tensión insoportable.

–...

–No, él no sabe que te he llamado. Espera que voy a avisarlo, haz como si lo hubieras llamado tú.

Paula me pasó el teléfono. El pulso me latía como si acabara de correr los cien metros lisos y en las palmas de mis manos se habían formado dos pequeños charcos.

–¿Sí? –dije al cabo de unos instantes, con el corazón latiéndome en la garganta, a punto de ahogarme.

–Andrés, me gustaría hablar contigo, pero no por teléfono –dijo ella en tono seco.

–¿Quedamos entonces en el parque Berlín? –dije lleno de esperanza.

–Ahora no puedo, tengo que estudiar para el control de Química de mañana.

–Seguro que ya te lo sabes todo. ¡Con lo empollona que eres! Anda, por favor, necesito aclarar algunas cosas contigo...

–Está bien, te espero en el banco de siempre –me interrumpió.

El banco de siempre... nuestro nido de amor, donde nos morreábamos durante horas que nos parecían segundos; donde comíamos cantidades ingentes de pipas mientras observábamos jugar a los enanos o comentábamos las incidencias del día. Nuestro banco, el banco de siempre...

–Allí estaré –dije eufórico.

Colgué el teléfono y en dos zancadas estaba en la puerta de la calle, con mi hermana pegada a los talones.

–¿Has visto como dio resultado?

–Eres un as. Hoy recojo yo la mesa y también mañana –le dije en un arranque de generosidad.

–¡Qué morro! Si hoy te toca a ti.

–Pues la recojo mañana, pasado y al otro, ¿vale? Hasta luego.

Corrí tanto que, cuando llegué, Sara aún no estaba. ¿Y si no venía? ¿Y si se arrepentía en el último momento? Todavía pensaba que iba a aparecer la Sara de siempre, la que montaba conmigo en el balancín y en el columpio; la que adivinaba los mensajes de las nubes; la que me enseñaba llaves de taekwondo. A pesar del Pepito Grillo de las narices, que me recordaba, aguafiestas, que esa Sara ya no existía, al menos para mí.

–¿Has llegado hace mucho? –dijo la voz de Sara a mis espaldas, una voz gélida que congeló mi entusiasmo.

Me volví y me encontré con una Sara terriblemente seria, con gesto despectivo. Qué corte, no sabía cómo romper esa máscara de hielo que había fabricado a su alrededor. Intenté hacerme el gracioso.

–¡Buff! Llegué hace millones de años. Incluso había dinosaurios...

–Bueno, ¿qué es eso tan importante que querías decirme? –me cortó implacable.

Me sentí como un niño pillado en falta, como el ser más desvalido de la tierra, como una pequeña mota de polvo, como un auténtico idiota... Mira que había imaginado veces esta situación, pero nunca tal y como estaba transcurriendo.

–¿Por qué me llamaste cerdo esta mañana? –dije desesperado.

–¿Y todavía tienes la cara de preguntarlo? Eso fue lo más suave que te pude llamar. A ver, ¿qué calificativo merece alguien que sale con dos chicas a la vez y encima se acuesta con una de ellas? –dijo echando fuego por los ojos.

Mi mente, lenta de por sí, no entendía absolutamente nada de lo que me decía.

–¿A qué chicas te refieres? ¿De qué estás hablando?

–Mira, Andrés, conmigo no te hagas el imbécil porque me voy –dijo dándose media vuelta.

La agarré del brazo.

–Sara, sabes muy bien que sólo he salido contigo.

–¿Y Belén?

–Oye, si me has visto estos días con ella es porque tiene un problema y la estoy ayudando.

–¿Es ella quien tiene el problema? Genial. Te acuestas con ella, la dejas embarazada, pero es ella quien tiene el problema.

–¡Pero qué dices! –me indigné–. ¿Quién te ha dicho eso? Belén no está embarazada y yo no me he acostado con ella.

–¿Ah, no? Pues me alegro por ti. Así te has quitado el problema de encima –dijo con lágrimas en los ojos.

–Sara, te juro que nunca me he acostado con Belén.

–¿Entonces por qué fuiste con ella a la consulta de mi hermana?

–¿Cómo lo sabes? ¿Te lo dijo ella?

–No, fue la enfermera. Cuando me acerqué el otro día a recoger a mi hermana, le faltó tiempo para decírmelo: «¿No salías con Andrés? Pues vaya prisa se ha dado en dejar embarazada a la nueva...».

–Esa mujer es una psicópata, Sara. Parece mentira que aún no la conozcas. Oye, todo lo que puedo decirte es que Belén no está embarazada y mucho menos de mí. La acompañé porque tenía un problema y se encontraba sola; no sabía a quién acudir y yo me acordé de tu hermana, eso es todo, en serio. Lo demás son confidencias que me hizo y no te las puedo contar.

Sara estaba pálida como un espectro. La conduje hasta el banco y no opuso resistencia.

–Me crees, ¿verdad?

Como si le hubiera tocado algún resorte oculto, le empezaron a resbalar lágrimas y lágrimas por las mejillas, en silencio.

–Lo siento, Andrés, perdóname por haber pensado mal de ti. Estaba tan herida, tan obcecada...

–No importa, ya pasó, vamos a olvidarlo. Mira lo que dicen las nubes...

–Andrés, yo...

–¿Ves esa grande, la que parece un dinosaurio?

–Me siento como una imbécil y además te debo una explicación. Cuando empecé a salir con Jorge...

–No me debes nada –la corté–. Eres libre y puedes hacer lo que quieras. Mira al dinosaurio. ¿Ves lo que está haciendo?

–Escúchame, por favor, necesito contarte lo que pasó.

–¿Para qué? ¿Qué más da? Eso no va a cambiar las cosas, ¿no?

–Ya sé que piensas que Jorge es un pijo, bueno, todos lo pensáis, pero no es así.

–¿Y qué más te da lo que pensemos de él? Lo que importa es lo que pienses tú.

–Me gustaría que lo conocieras, estoy segura de que te caería bien.

–¿Qué pasa, necesita defensora?

–Bueno, ya veo que no hay nada que te haga cambiar de actitud. Pensaba que podríamos ser amigos...

–Oye, Sara, a mí esto me está resultando muy difícil, encima no pretendas que convierta a ese tío en san Jorge y le ponga velitas. Bastante tengo con el muerto que me ha soltado el Sátrapa: hacer un trabajo con él, ¿te parece poco?

–¿Sabes una cosa, Andrés? Estás acostumbrado a juzgar a las personas por la apariencia y eso no es justo. Todo el mundo se merece una oportunidad, ¿no crees?

–Desde luego, y él la ha aprovechado de maravilla.

–Déjate de ironías, Andrés, sabes muy bien a lo que me refiero.

–Sí, don Gerardo... No, don Gerardo... Si le parece bien, le escribo una Historia de España en diez tomos, don Gerardo... ¿Eso son apariencias? Eso, que yo sepa, es ser pelota.

–Eso es estar interesado en su asignatura. Para que te enteres, Jorge quiere ser arqueólogo...

–Hombre, Indiana Jones –la interrumpí con el tono más irónico que pude.

–No seas imbécil, Andrés. Claro, como a ti te dan absolutamente igual todas las asignaturas, te resulta muy difícil comprenderlo. Y hablando de estudios, tengo que marcharme, mañana tenemos un examen. Seguro que ni te lo has mirado, ¿no?

–¡Bingo! Has acertado. He tenido que hacer otras cosas más importantes.

–¡Ah, claro! Se me olvidaba que tú estás por encima del bien y del mal, que vives en otro planeta y los asuntos terrenales no te afectan.

No sé por qué en ese momento me entraron unas ganas enormes de besarla, porque lo normal sería que tuviera ganas de estrangularla, pero así de voluble y desequilibrada es mi naturaleza.

–Te acompaño a casa –dije tratando de contener mis instintos.

–No, déjalo, que es tarde, puedo ir yo sola.

–¿Y si te raptan? ¿Y si te comen los lobos? ¿Y si cae un meteorito? ¿Y si hay un terremoto? ¿Y si...?

–Sobreviviré incluso si cae una bomba de neutrones –me cortó riéndose al tiempo que se alejaba.

De pronto era la Sara de siempre, la Sara ingeniosa, que se sabe enrollar bien, la Sara tierna y divertida... Pero se alejó hasta convertirse en una imagen borrosa.

9

¡Cuatro cates, tronco! Por más que miraba y remiraba una y otra vez las notas esperando que desapareciera alguno de ellos, ahí seguían los cuatro: Historia, Física y Química, Matemáticas y Cultura Clásica. Parecían en relieve. Era fijar la vista en el papel y, plas, te saltaban a los ojos. Las demás asignaturas, con suficiente excepto en Literatura que tenía un notable, pasaban totalmente desapercibidas. A ver cómo les enseñaba el maldito papel a mis viejos para que no les produjera un *shock*. Empecé a pensar en todos esos imposibles que te vienen a la cabeza en momentos de alto riesgo como borrar los cates con típex, tirar las notas a la Fuente de los Delfines, huir de casa, tirarme a la vía del tren...

–¿Cuántos roscos te han regalado? –me preguntó Dani.

–Cuatro. ¿Y a ti?

–Cinco.

–¡Joder! ¿Y qué vas a hacer?

–Lo de siempre, falsificar la firma de mi padre.

Este Dani es la leche. Soluciona los problemas con una facilidad pasmosa, sin dedicar ni cinco minutos a las consecuencias.

–¿Y si lo notan los profes? –le apunté sagazmente.

–Pero, tío, ¿por quién me tomas?, que soy un profesional –dijo con chulería–. Te calco las dos firmas, la de mi padre y la de mi madre, y ni te enteras.

–¿Y tus padres no te preguntan por las notas? –insistí.

–Les cuento el rollo del cambio de sistema educativo,
que si es evaluación continua, que si bla, bla, bla, y tragan.
Además, eso les da pie para quejarse: que ahora no hay
quien entienda nada, que no hacen más que darles vueltas a las cosas para que todo continúe siendo lo mismo,
que el caso es dar el menor golpe posible, que tanta infor-
matización para nada..., y acabamos con que la política es
un desastre, que lo mismo da unos que otros, total para lo
que hacen, que menos elecciones y propaganda y más hechos... Al final ni se acuerdan de las notas.

Los planteamientos de Dani me dejan hecho polvo. Por
un lado, me sumen en el mayor de los desconciertos y, por
otro, me plantean unas dudas existenciales tremendas.
¿Me complico la vida inútilmente? ¿Pertenecemos Dani y
yo a dos especies diferentes? ¿Soy un ser permanentemente angustiado por las circunstancias? ¿Es la vida tan
simple como la ve Dani y soy yo quien le busco las vueltas? ¿Importa mucho en la vida de una persona tener cuatro cates en una evaluación de cuarto de la ESO? ¿Es mi estado de ni chicha ni limoná el que me convierte en
insuficiente o es la materia gris de mi cerebro que no da
más de sí?...

En esas profundas reflexiones estaba, cuando se me
acercó Belén.

–Andrés, estoy desesperada –dijo–, me han cateado Física y Química.

–¿Nada más? Si te consuela, a mí me han quedado cuatro.

–¡Puf! A mí me quedan cuatro y me tiro directamente
a la vía del tren.

–Eso estaba pensando yo hace un momento, pero, después de hablar con Dani, he cambiado de opinión. Al fin y al cabo, en los periódicos nunca ha venido la noticia de un linchamiento de un hijo por sus padres a causa de cuatro cates. Lo más que me puede pasar es que me metan interno. ¿Y qué? Ya no volveré a ver la luz del sol, perderé a mis amigos, me darán correazos, me quedaré en los huesos, cogeré el cólera...

–No seas tonto, te estoy hablando en serio, ya sabes cómo es mi padre.

–¿Él nunca ha tenido un suspenso en su vida?

–No, en su historial solo entran las medallas.

–Bueno, pues tendrá que acostumbrarse. Hay que probar experiencias nuevas; si no, la vida pierde emoción.

–Vete a decirle eso a mi padre. Bueno, me voy, a ver si además me va echar otra bronca por llegar tarde. Si mañana no vengo, es que me ha tirado al foso de los leones.

–¡Suerte!

–Lo mismo digo. Hasta mañana, si nuestros padres lo permiten, claro.

Arrastré los pies demorando la llegada a casa todo lo posible.

–¡Eh, Andrés, espera, voy contigo!

Mi hermanita, lo que me faltaba.

–Mira, Andrés, cuatro sobresalientes –dijo eufórica restregándome sus notas por la cara.

–Lo mismo que yo, pero al revés –le contesté resignado.

–¿Has tenido cuatro cates?

–No, los cuatro cates me han tenido a mí –respondí irónico.

–¿Y qué vas a hacer?

–¿Qué voy a hacer? Soplarles para que desaparezcan. ¿Tú qué crees que voy a hacer, lista? –dije en plan borde.

–Podemos pensar en una estrategia –dijo sin hacer caso de mi mal humor.

Eso empezó a interesarme. Después de la demostración que me hizo el otro día con Sara, comprendí que podía confiar en sus dotes de actriz.

–Vale, pero no digas que me he suicidado ni ningún otro drama parecido, ¿eh? Que te conozco.

–Tú déjame a mí.

Como no tenía otro plan mejor, me puse en manos de mi hermana. Intentaba distraer mi mente con un folletín que había ocurrido en la clase de Lengua, pero oía el runruneo de sus cotorreos sin que pasaran más allá del oído medio, o sea sin que penetraran en mi cerebro, lo cual quiere decir que no me enteré de nada a pesar del entusiasmo que puso.

Cuando llegamos al rellano del ascensor, empecé a sentir que se me desplazaba el corazón, a latidazo limpio, hacia la garganta. Y cuando abrimos la puerta, debí de sufrir una especie de conmoción cerebral, porque perdí el habla y el oído. Únicamente la vista permaneció intacta. Veía gesticular a mi padre y a mi hermana sin enterarme de lo que ocurría. Pronto se unió mi madre a la animada discusión. Esta vez la estrategia de mi hermana no parecía ir por buen camino, pues al cabo de unos minutos la invitaron a dejarme solo ante el peligro.

–No deberías escudarte en tu hermana –dijo mi madre.

–Yo no me estoy escudando. Esta evaluación ha sido muy difícil... Todo el mundo ha suspendido un montón, en serio... Los profesores se han cebado poniendo exámenes... Y el de Historia nos lleva al galope, saltando temas como si fuéramos caballos... Y la de...

–¿Esas disculpas son para ti o para nosotros? –me soltó mi padre con una gran tristeza, pero sin el menor asomo de enfado.

Vaya corte, me quedé mudo. Esta manera de reaccionar de mi padre últimamente me descolocaba por completo. Iba a abrir la boca para decir no sé qué, cuando me atajó:

–Como ya te dijimos no hace mucho todavía, los estudios son tu responsabilidad, única y exclusivamente.

Esto era demasiado. Pero qué responsabilidad ni qué leches. ¿A qué padre normal le da igual que su hijo suspenda? ¿Qué pretendían con toda esta comedia? ¿Humillarme?

–¿Qué es esto, ya no os importo? No podéis pasar así de mí, os recuerdo que sois mis padres, aunque a veces no os guste –grité con rabia.

–Naturalmente que nos importas, y mucho –intervino mi madre–. Vosotros tres sois lo que más nos importa en este mundo.

–Ya veo, pues no lo parece –dije despectivo.

–Nosotros siempre estaremos aquí para prestarte apoyo, aconsejarte y ayudarte, pero no para manejarte como si fueras una marioneta –continuó mi madre sin dar muestras de nerviosismo–. Ahora ya eres mayor y debes ser tú quien maneje tu propia vida.

–¡Genial! Cuando os conviene soy pequeño y cuando os conviene soy mayor –dije cabreado.

–No, hijo, a partir de ahora eres mayor para todo –sentenció mi padre.

¿Mayor para todo? ¿Qué quería decir con eso? ¿Que podía salir hasta las cuatro de la mañana? ¿Que podía no ir al instituto?

–¿Y por qué soy mayor de repente? –grité como un perro rabioso.

–No es algo repentino, Andrés –respondió–. Lo que ocurre es que a los padres nos resulta muy difícil reconocer que los hijos crecen y tendemos a haceros permanentemente pequeños. Además, pensamos que nuestra experiencia os impedirá equivocaros y eso no es justo.

–O sea, que, a partir de ahora, me ponéis en el precipicio para que me la pegue, ¿no? –salté furioso.

–Mira, Andrés, –volvió a intervenir mi madre–, cuando te calmes y reflexiones, entenderás lo que te decimos. Ya sé que a veces es mucho mejor que a uno le echen una bronca o le pongan un castigo, porque puede suponer una especie de alivio inmediato de la propia conciencia. Pero no tiene sentido que te castiguemos. Eres tú quien ha de tener interés por aprobar.

Tenía unas ganas enormes de emprenderla a puñetazos con todo. Y la furia me venía precisamente porque empezaba a captar el mensaje que me estaban lanzando; un mensaje que no me gustaba nada porque me dejaba al descubierto. Así que, a pesar de las advertencias de Pepito Grillo, que se empeñaba en darles la razón, arrojé las notas al suelo y sentencié con rabia:

–Por si os interesan, ahí tenéis las notas.

A continuación di un portazo y salí con la rabia abrasándome todos los poros de la piel. Pero, a los tres pasos, ya estaba arrepentido de mi estúpida rabieta. Me sentí como un imbécil, tratando de mantener el tipo, salvar el pellejo o lo que sea. Seguía siendo un ni chicha ni limoná. Y para colmo, ahí estaba Pepito Grillo, con traje de marinerito y lleno de buenos propósitos, iluminando mi camino con un candil. ¡Bueno, vale, ya me he enterado, lárgate de una vez, pelmazo! Pienso recuperar los cuatro cates, por narices, como me llamo Andrés. Lo malo es que para recuperar el de Historia tengo que hacer el trabajito de marras con el Pelota. Solo de pensarlo, se me ponen los pelos de punta, tronco. Bueno, ahora paso de la Historia y del Jorgito de las narices, voy a organizar la carpeta para el marido de Irene. Este dibujo no está mal... Y este... Miré a Retoñito y me hizo un guiño que me devolvió el buen humor. Me sentía renovado, casi como si fuera otra persona distinta, hasta tal punto que incluso fui a decirle a mi hermana que podía coger mis CD siempre que quisiera. La verdad es que me sentía fatal por haberla utilizado de cómplice y haberle chafado sus cuatro sobresalientes.

10

Me acerco a él y le suelto la frase: «Forastero, tú y yo tenemos un asunto pendiente»... John Wayne, la típica frase de John Wayne. A ver esta: «Ya que nos han condenado a la misma pena, tendremos que hacer algo para redimirla, ¿no?»... De folletín. ¿Y esta?: «Mira, tío, ni a ti ni a mí nos gusta este asunto, así que acabemos con él cuanto antes»... Bruce Willis en *La jungla de cristal*... «¿En tu casa o en la mía?»... Escena de cama de película romántica... «Bueno, ¿qué?, ¿manos a la obra?...». ¡Mierda! Me hierve la sangre solo de pensar en cualquier tipo de acercamiento hacia ese maldito pijo, y necesito tener sangre fría, ni el más leve gesto que denote el mínimo asomo de un sentimiento, sea cual sea. «Me parece que tenemos que hacer un trabajo... asquerosa-rata-de-cloaca-buitre-chupatintas-filibustero-fagocito-coleóptero...». Odio mi falta de frialdad, tronco. En momentos como este desearía ser Clint Eastwood, con sus ojos de acero clavados en los del contrario y sin mover un solo músculo de la cara: «Te espero a la salida». Bueno, ya basta de ensayos estúpidos, allá voy, derechito al matadero.

–Oye, tú, ¿cuándo empezamos el trabajo? –dije con un tono a medio camino entre niño bueno y cirujano frío y competente, odiándome por sentir que me estaba rebajando, sobre todo cuando vi que se le iluminaba la cara en un gesto que yo interpreté como de triunfo.

–Decídelo tú, después de todo, te juegas más que yo.

Tuve que contenerme para no partirle la cara.

–Muy bien, entonces esta tarde –respondí tragándome el buche de adrenalina que se me había concentrado en la garganta.

–De acuerdo, en mi casa a las cinco –dijo en plan jefecillo.

–¿Por qué en tu casa? –repliqué mosqueado.

–Porque tengo más libros que tú de Historia, ¿o no? –dijo con chulería.

Sentí que mi hígado se revolvía e intentaba salir de su tumba, pero me acordé del suspenso que tenía que recuperar y me tragué toda la bilis de golpe.

–Bueno, dame tu dirección.

Mientras me la daba, me pareció que saboreaba el éxito de su victoria sobre mí y lo encontré más odioso y repelente que nunca. Rebajarse ante semejante pelota era la peor humillación que se podía sufrir. Pasé una mañana horrible, sentía rebullir todas mis vísceras, incluso tuve que hacer varias visitas al meódromo. Aunque tengo que reconocer que también me picaba la curiosidad. No sabíamos nada de la vida del Pelota. ¿Pelota? Ahora tendría que llamarle Jorge. Claro que podía no llamarle nada, como cuando lo abordé, de tú, «oye, tú, perrito...». ¡Joder, qué marrón me ha caído! Me da igual saber si tiene hermanos, si le gustan las sardinas, si juega al parchís... ¡Qué me importa a mí la vida de ese tío! Lo considerábamos una pieza de museo, o más bien una antigualla perdida que te salta a la vista por su rareza. Suponíamos que tendría otros amigos, porque no salía con nadie del instituto. Pero tampoco nos daba pena, por ese aire arrogante y de comerse el mundo que tenía. Menos mal que Sara tuvo la delicadeza de no volverme a pedir que le diera una oportunidad. A la salida se me acercó Belén.

–Andrés, ya no aguanto más a mi padre. ¿Tú crees que por un suspenso se puede encerrar a alguien durante un mes? ¡Estoy harta! Me trata como si estuviera haciendo la mili. Se cree mi dueño y señor: «Porque lo digo yo, soy tu padre y no hay más que hablar, un mes sin salir, y no me repliques porque entonces serán dos...» –dijo imitando su voz–. Cualquier día me largo, de verdad, no puedo más.

–Fiuuuuu. Entonces a mí me encerraba a cadena perpetua.

–¿Sabes lo que voy a hacer? Una huelga de hambre, me pienso quedar en los huesos. Te juro que se arrepentirá de tratarme como si fuera basura.

Mi mente titiritera, en lugar de centrarse en el problema de fondo, se fue –como diría mi abuela– por los cerros de Úbeda y rápidamente se imaginó las curvas de Belén convertidas en un saco de huesos.

–Oye, ni se te ocurra, que los demás no tenemos la culpa, ¿por qué nos vas a castigar?

–Hablo en serio, Andrés, esta vez se ha pasado. Si cree que me puede aplastar como a una hormiga, está listo. Yo no pienso acabar como mi madre, pendiente siempre de lo que él dice, sin ser capaz de tomar decisiones por ella misma y continuamente humillada. Mira, si pudiera sobrevivir sola, te aseguro que me escapaba y no me volvía a ver el pelo. Cuando Javi..., el fotógrafo, ya sabes, me dijo lo de ser modelo, pensé que a lo mejor por ahí tenía una salida, pero ahora...

–Si es eso lo que quieres ser, vale, pero si lo haces solo por irte de casa, piénsalo bien.

–¿Crees que no lo he pensado? Si no fuera por mi madre, ya me habría marchado, aun sin tener trabajo.

–¿Y por qué no hablas con tu padre claramente? A veces los padres dan sorpresas...

–No conoces al mío, es el hermano gemelo de Hitler. Nada de lo que le digas, le hace cambiar de idea. Es más, ni siquiera te deja hablar.

–La verdad es que lo tienes chungo, pero hay que buscar otra solución. A mí lo de la huelga de hambre no me convence nada. Al final en vez de cuerpo vas a tener una radiografía.

–Me da igual –dijo tercamente.

–No seas tonta, un mes pasa volando...

–Bueno, me voy, ahí está mi padre, ahora viene él a recogerme, como si tuviera dos años.

Cada vez que hablaba con Belén, me olvidaba de mis problemas. Cuando llegué a casa sólo pensaba en abalanzarme sobre la nevera a ver qué restos de comida me había dejado el buitre de mi hermano, porque, con la disculpa de los exámenes, se había convertido en una especie de oso hormiguero que arrasaba todo aquello mínimamente masticable.

Mi padre estaba en la cocina arreglando el grifo del fregadero, pero esta vez me sorprendió menos verlo en casa.

–¿Otra huelga?

–No, me han echado –dijo de manera intrascendente.

Y sin embargo, yo me quedé como si hubiera pasado un tren por encima de nuestra casa y se hubieran venido abajo todos los cimientos. Joder, mi padre en la calle. Esa persona fuerte e intocable que creía en el trabajo por encima de todo y que –como solía decir– no había faltado a él ni un solo día en veinte años, perfeccionista hasta rayar en lo maniático...

–¿Por qué te han echado? –pregunté con una voz que parecía de otro.

—Hay problemas en la empresa, seguramente terminarán por cerrarla..., pero no te preocupes, ya nos las arreglaremos —dijo observando mi cara de haber sobrevivido a un cataclismo.

Le agradecí su apariencia serena, su falta de dramatismo al contármelo, porque lo hacía por protección paterna, para no preocuparme, pero, conociéndolo como lo conocía, sabía lo mal que lo tenía que estar pasando

—¿Y qué piensas hacer? —pregunté para evitar cualquier silencio que hiciera más evidente el palo que me había llevado.

—De momento, arreglar este grifo, que lleva tiempo dándonos la lata, y después, ya veremos. Supongo que con mi experiencia no tendré problemas para volver a encontrar otro trabajo.

Estas palabras suyas me tranquilizaron enormemente, como cuando de pequeño se me rompía algún juguete y me decía: «No te preocupes, que tiene arreglo». De vez en cuando, era estupendo sentir esa sensación de seguridad, de protección... Me hubiera gustado abrazarme a él, pero en momentos así sentía más que nunca que mis brazos y mis piernas eran unos apéndices desarticulados, incapaces de llevar a cabo cualquier acción sin torpeza y hacían que me encontrara como una jirafa fuera de la sabana.

—¿Quieres que te ayude con el grifo? —pregunté con esa voz que me salía a veces y que no reconocía como mía.

—Come, anda, que aún no lo has hecho y tendrás hambre. Todavía queda ensalada de la que hice y hay también cinta de lomo para freír.

Mientras freía los filetes, empecé a contarle cosas sin parar, parecía una metralleta disparando sin tregua. Le conté de Dani, de los profesores, del trabajo que tenía que hacer con Jorge... Parecía mi hermana cuando nos daba el parte detallado de los acontecimientos diarios que ocurrían en su clase. Menuda verborrea, pasaba de una cosa a otra sin ton ni son. Hasta que me acordé de lo que me había dicho Irene.

–A lo mejor, puedo conseguir algo de dinero –dije eufórico.

–Hijo, la situación no es tan desesperada. Tú lo que tienes que hacer ahora es prepararte bien para tu futuro y estudiar a fondo.

–Pero puedo hacer las dos cosas. El marido de la profe de Literatura es diseñador gráfico y voy a enseñarle unas tiras de cómic que he hecho. Bueno, a lo mejor no sale nada, pero por intentarlo...

–Siempre se te dio muy bien el dibujo. ¿Recuerdas cuando de pequeño me pedías que te dibujara animales y me decías «azí no ez»?

–Jo, papá, es que dibujabas unos perros que parecían ovejas y unas mariposas que parecían moscas espachurradas.

Mi padre se rió y me contagió la risa. En ese momento entró mi hermano.

–Hombre, qué bien lo pasáis –dijo y, señalando mis filetes, añadió–: ¿Son también para mí?

–Eres como los perros, apareces siempre con el olor a comida –dije agarrando el plato y protegiéndolo con mi cuerpo.

Pero mi hermano intentó meter la zarpa.

–Venga, Carlos, no seas zángano –le regañó nuestro padre–, fríete tú unos y deja en paz a tu hermano.

Era la primera vez que nuestro padre salía en mi defensa, quizá porque, al estar normalmente fuera de casa, no participaba de nuestras peleas. Pero mi hermano no paraba hasta salirse con la suya.

–¿Acaso no dicen los evangelios que hay que dar de comer al hambriento?

–No cuando el hambriento puede prepararse él solito la comida –incidió mi padre.

–Está bien, lo mismo os diré yo cuando me prepare un banquetazo.

–No lo verán mis ojos –dije metiéndome un trozo en la boca–, eres capaz de morirte de hambre con tal de no cocinar.

–Bueno, ahora que estáis aquí los dos, quiero pediros algo –nos interrumpió mi padre poniéndose solemne.

Se me erizó el pelo y sentí cómo se tensaron todos los músculos de mi cuerpo, parecía que alguien me los hubiera agarrado con pinzas. ¿Qué más nos podía decir hoy?

–Por favor, no le digáis a vuestra hermana lo de mi despido, no quiero preocuparla.

–¿Y crees que puedes engañarla? No conoces a Paula –dijo Carlos.

–Pero si lo sabía antes que tú, papá –añadí yo–. Ya sabes que es prima hermana de Sherlock Holmes.

–¿Cómo que lo sabía? –se escamó mi padre.

–Bueno, lo intuía –le aclaré– y a raíz de lo de las huelgas y todo eso empezó a fantasear.

–Sí, pero una cosa es la fantasía y otra la realidad.

–Pero, papá, que a Paula es imposible ocultarle algo –insistió mi hermano– y además es mayor, tiene trece años.

–Sí, quizá tengáis razón, pero para mí sigue siendo una niña...

–Como quieras, papá, pero si se entera por su cuenta es peor –le hice ver.

Lo convencimos. Sin embargo, cuando oyó la llave en la puerta, empezó a hacer gestos para que nos calláramos y él abandonó inmediatamente la cocina. En cuanto Paula nos vio las caras dijo:

–¿Qué pasa? ¿Estabais confabulando a mis espaldas? Si estáis hablando del despido de papá, ya me he enterado.

Mi hermano y yo nos quedamos de piedra. ¿Cómo diablos se enteraba esta mocosa de todo antes que nadie?

–Hija, lo tuyo es el espionaje –declaró Carlos.

–¿A que sí? –dijo Paula orgullosa–. ¿Qué tal estaría yo de Mata Hari? –preguntó adoptando una postura de mujer fatal.

–Mira, Paulita, tú como Milú, y gracias –dijo mi hermano con ese sentido del humor corrosivo que le caracteriza.

Antes de que Paula se enzarzara en una pelea con Carlos, me apresuré a decir:

–Quizá deberías ir a hablar con papá para que no se preocupe.

–¿Para que no se preocupe de qué? –preguntó despistada.

–No quería que tú te enteraras de su despido –le aclaré.

–Pero si ya lo sé –dijo.

–Pues por eso, hija, para decirle que ya lo sabes. Esta niña a veces es completamente idiota –dijo Carlos perdiendo la paciencia.

–Y tú eres un orangután –respondió Paula plantándole cara.

–¡Huy!, aquí va a haber pelea, yo me largo –dije.

–Tú no vas a ninguna parte, cobarde –dijo mi hermano lanzándome la bayeta mojada.

Y así fue como empezamos una de nuestras famosas peleas. Hasta que llegó nuestra madre y nos echó a escobazos de la cocina.

11

Mi padre era un parado. No me podía quitar esa idea de la cabeza, tronco. En un principio no había caído, como si mi mente hubiera atrapado en una red la idea del despido y le impidiera ir más allá. Pero de pronto se escapó por uno de los agujeritos y empezó a crecer y crecer hasta convertirse en esas cuatro malditas letras –pe, a, erre, o– que se me fijaban en las neuronas con pegamento y empezaban a obsesionarme. En primer lugar, porque no era capaz de imaginarme qué haría mi padre una vez que arreglara el grifo de la cocina. Y en segundo lugar, porque me venían a la cabeza todos los fantasmas del paro; ese paro del que tanto había oído hablar, pero que, como todas las cosas que no te afectan directamente, te parecen de papel. Un papel que, de pronto, se había convertido en la imagen de mi padre, mi madre y mis hermanos abandonando en procesión nuestra casa de Duque de Sevilla para mudarnos a unas chabolas. Los cinco arrastrando nuestros harapos por calles sin asfaltar... Empecé a sudar a chorros, qué digo a chorros, me caían cataratas. Supongo que esa tendencia de mi imaginación al dramatismo es una manera de exorcizar a los fantasmas. Pero en cuanto se iban los fantasmas, quedaba mi padre, que sí era de carne y hueso, con una soledad tan grande que le impedía respirar. Pensé en correr a casa y abrazarme a él como cuando era pequeño, decirle que no se preocupara, que yo me convertiría en Superman y ganaría muchísimo dinero, que él podía dedicarse enteramente a su colección de sellos. ¿Y si ahora que tenía tiempo para ellos dejaban de interesarle? Joder, qué putada, que le ocurriera precisamente a él, un trabajador empedernido. Nos metíamos un montón con su manía de contabilizarlo todo; cuando estaba de buenas, claro. En su último cumpleaños le encargamos una tarta con forma de calculadora. Siempre decía que su concepción del universo coincidía con la filosofía de Pitágoras, que el mundo era una gran ordenación numérica... ¿Dónde encontraría ahora toda esa ordenación numérica del universo? Vaya, casi me paso de largo, aquí es la casa del Pelota. No me imaginaba yo este portal tan cutre. Le pegaba más una de esas casazas de Serrano, con la pinta de pijo que tiene el Jorgito. A ver quién me abre, su padre, su madre, algún hermano...

—¡Hola, Andrés!, pasa, he encontrado un libro que nos va a venir bárbaro para el trabajo —dijo yendo directamente al grano.

—¿Ah, sí? ¿Y qué libro es ese? —dije más por que no muriera la conversación que por verdadero interés.

—Es de Tuñón de Lara.

Será gilipollas, como si yo supiera quién era Tuñón de Lara. Hombre, imaginé que sería algún historiador, pero lo dijo con la misma familiaridad que si fuera un cantante o un actor. Me pasó el libro. Lo abrí y lo hojeé fingiendo un interés que estaba muy lejos de sentir.

—Bueno... pues... tendremos que elegir un tema, ¿no? —dijo—. He pensado que podíamos centrarnos en los primeros cincuenta años de la Conquista, o en la dinastía de los Omeyas, o, si prefieres, en la sociedad...

Empezaba a sentirme abrumado por ese pozo de sabiduría del que hacía gala.

—No sé, decídelo tú, a mí me da igual. Tú eres el que sabe de esto.

—Los primeros años son interesantes por la rapidez de la conquista. ¡Menuda habilidad tenían los árabes para pactar! Claro, estaban ya acostumbrados. Y los visigodos, sin enterarse; les metían goles por todos lados.

Lo vivía con la misma intensidad con que vivíamos Dani y yo los partidos del domingo, y ya no había quien lo parara.

—Pues si a ti te parece bien, por mí, fenómeno —dije haciendo cada vez más patente mi ignorancia y mi falta de interés.

Éramos dos sabuesos olfateándonos a cierta distancia para ver por dónde respirábamos.

—Oye, a lo mejor nos resulta más fácil la época del esplendor de los Omeyas. Porque en el primer período tropezamos con la ambigüedad de las crónicas.

¿La ambigüedad de las crónicas? A punto estuve de arrearle un guantazo por esa demostración de pedantería con la que pretendía aplastarme cual vil gusano. Se estaba pasando un montón.

—Bueno, de esto sabes tú más que yo —dije con la frialdad de Clint Eastwood.

—¿Entonces nos decidimos por los Omeyas?

—Mira, tío, a mí a los árabes ni me los han presentado, así que escoge lo que tú quieras. Todo esto ni me va ni me viene, lo que quiero es terminar el trabajo cuanto antes y que el Sátrapa me apruebe.

—Vamos a hacer un trabajo genial, ya lo verás, tú aportas la creatividad y yo los conocimientos.

–¿De qué creatividad estás hablando? –dije con brusquedad. Pero inmediatamente reaccioné al pensar en las ventajas de su propuesta–. Hombre, si quieres una portada chula, eso está hecho –añadí a ver si colaba.

–Bueno, y algo más. Me gustaría que hicieras un cómic al final de cada uno de los apartados que reflejara de manera humorística los aspectos más emocionales, todo aquello que responda a la manera de ser o de pensar que tenían. ¿Qué te parece? –preguntó expectante.

–Por mí, vale, pero ¿tú crees que al Sátrapa le va a gustar eso?

–Le va a entusiasmar. El hecho de que sea en cómic no le va a restar autenticidad, al contrario, puede suponer un modo de ir más allá, de aventurar ciertas hipótesis.

El que empezaba a entusiasmarse con la idea era yo. Cuando creía que el dichoso trabajito iba a ser un auténtico ladrillo, el Pelota lo había tocado con la varita mágica del hada madrina y aparecía tan maravilloso como la carroza de Cenicienta. Me imaginaba a Abd al-Rahman I haciéndole la competencia a Retoñito.

Jorge me pasó unos cuantos libros y nos pusimos manos a la obra. Él hablaba de los Omeyas como si fueran de su familia. Poco a poco, se empezó a derretir el hielo que había a nuestro alrededor y perdió su máscara de chulo. Parecía un niño con zapatos nuevos, absolutamente feliz por haber superado una prueba difícil. De pronto, me encontré sin razones para quererle partir la cara. A lo mejor tenía razón Sara, y su pinta de niño pijo nos hacía predisponernos contra él. La verdad es que desde que llegó al instituto en tercero de la ESO le habíamos hecho la vida imposible. Nos fastidiaban un montón sus buenos modales, su carita de no haber roto un plato, su repelente sabiduría y supongo que también su éxito con las chicas; decían que estaba cachas. Y es que en cuanto ven a un rubio de ojos azules... Pepito Grillo, con su habitual falta de delicadeza, me apuntaba insistentemente que eso, en el lenguaje común de los mortales, se llamaba envidia.

—¡Andrés, verás qué supertrabajo! –exclamó al ver el dibujo que había hecho de Abd al- Rahman I.

Llevábamos un buen rato buceando entre las páginas de los libros, descubriendo cosas aquí y allá cuando entró la madre de Jorge con un pastel de chocolate y unas Coca-Colas.

—Segugo que quergéis mergendag, ¿no? –dijo con un fuerte acento alemán–. Trgabajag abgre el apetito.

En ese momento me acordé de todas esas retahílas que sueltan a menudo los padres a propósito de los buenos modales: Aprendeasaludar, acuérdatededarlasgracias, sepideporfavor, noseinterrumpenconversaciones... y me levanté torpemente de la silla sin saber muy bien qué hacer, si plantarle dos besos en la cara, si darle la mano, si besársela... En seguida vino ella en mi ayuda plantándome los dos besos que yo no me atreví a darle.

—Erges Andgréss, ¿no? He oído hablag tanto de ti que es como si te conocierrga.

¿Qué le habría dicho Jorge a sus padres? «Es un capullo, un revientahígados, un vago, un cornudo...». Y sin embargo, a juzgar por la actitud atenta y complaciente de su madre, no parecía que les hubiera dicho nada de eso. Como suele ocurrirme en estos casos, me quedé mudo, con cara de besugo al horno. No podía devolver el cumplido, puesto que no sabía absolutamente nada de la vida de Jorge ni de su familia. Jorge se hizo cargo de la situación y rápidamente acudió en mi ayuda.

—Sí, mamá, estamos haciendo el trabajo de Historia que te comenté. Nos va a quedar fabuloso. Mira qué dibujo tan genial ha hecho. He tenido suerte de que me tocara con él porque es el que mejor dibuja de la clase.

–Bueno..., la... suerte... es mía –balbuceé desconcertado–. Jorge es el que sabe más Historia de la clase –añadí devolviéndole el peloteo–. Yo creo que incluso más que el Sátra... el profesor.

–No me extrrañagía. Ya desde pequeñito decía que quegía seg agqueólogo y prefegía que le contarrga historgias de los rrgomanos que del Pato Donald. Bueno, no quiego enrgollagme, os dejo trrabajag. Yo también tengo que corgegig un montón de ejergcicios.

Cuando estaba a punto de cerrar la puerta, me acordé del manual de buenos modales y me salió un inoportuno y espantoso gallo.

–Muchas gracias por la merienda.

–De nada, es mi especialidad, espego que te guste.

En cuanto se fue, atacamos la tarta.

–Es simpática tu madre –dije–. ¿Siempre te trata así de bien?

–Sí, la verdad es que me mima bastante. Y además, le encanta la repostería, como a toda mi familia.

–¿Tienes más hermanos?

–No, soy hijo único, ¿se nota?

–¿Y tu padre también te mima tanto?

Jorge se quedó tan tenso como un poste de la luz. Podía sentir la electricidad que despedía a través de mi espina dorsal. Comprendí que había metido la pata. A lo mejor sus padres estaban divorciados. Tronco, no sabía cómo arreglarlo...

–No tengo padre –me soltó bruscamente.

Tierra trágame, tierra trágame, tierra trágame... ¿Qué se dice en estos casos? Lo siento, no te preocupes, es lo normal, eso le ocurre a cualquiera, hasta en las mejores familias... Se hizo un silencio masticable. ¿Cómo podía ser tan mendrugo? ¿Había en el mundo alguien más metegambas que yo?

—Esta tarta está cojonuda –comenté para romper el silencio y la tensión.

Por suerte la frase actuó de varita mágica. A Jorge se le relajaron de nuevo los músculos de la cara y se le dibujó una amplia sonrisa.

—Sí, digna de pasar a los anales de la historia; como los dulces de los árabes. Ya sabes, los turrones, los alfajores...

—¿Es una indirecta para volver al trabajo?

—No, una directa –dijo riéndose.

Nos reímos como solíamos reírnos en el instituto, exageradamente, sin apenas motivo, pero sirvió para distender el ambiente. En mi caso fue el escape que necesitaba para soltar toda la tensión acumulada. De nuevo nos sumergimos en nuestra labor de cronistas, que empezaba a parecerme apasionante.

Al final de la tarde Abd al-Rahman I y yo habíamos alcanzado cierta intimidad. Incluso me atreví a dibujarlo en su baño, rodeado de odaliscas, mientras intentaba aplacar las rebeliones de los *qaysíes y* de los yemeníes.

—Supongo que me odias por lo de Sara –me soltó Jorge a bocajarro, sin venir a cuento.

Macho, me quedé como Abd al-Rahman en su tumba, de piedra.

—Quiero que sepas que siempre me gustó, desde que llegué al instituto; pero como estabais enrollados, intenté quitármela de la cabeza y...

—No tienes por qué darme explicaciones –le interrumpí–. A Sara le gustas, ¿no?

—Me pareció que estabas molesto conmigo, como si lo hubiera hecho por darte en las narices. Ya sé que no os caigo bien y...

—No es eso –volví a interrumpirle–, te juzgamos sin conocerte. Nos parecías un chulo, tan seguro de ti mismo, siempre pasando de todo el mundo...

–Eso es pura fachada –me interrumpió–. No sabes la de veces que me habría marchado de clase.

–No me extraña, yo en tu caso me habría ido a otro colegio.

–Eso no era posible. En contra de la opinión de mi madre, me empeñé en cambiarme del colegio Alemán al instituto. Es que mi madre da clases allí y al final eres el hijo de la profesora tal.

–Tío, lo siento, has tenido que pasarlo muy mal.

–Todos lo pasamos mal en algún momento, pero el caso es saber resistir.

–Es verdad, hay que tener madera de héroe –añadí sonriente.

En ese momento me acordé del conjuro de Dani: Andrés Díez y Dani Rincón tomarán la pócima mágica que les hará inmunes a vuestras fantasmadas y se convertirán en héroes de una sociedad que nos machaca, nos oprime y nos pone todo tipo de trampas. Una sociedad que nos educa para el consumo y nos lanza directamente al paro. Una sociedad donde siempre triunfan los pelotas y los que mejor engañan. Una sociedad que solo se preocupa de que las cosas sigan como están, pero que nosotros estamos dispuestos a cambiar.

–Sí, esa es la consigna de nuestro grupo, héroes forzosos.

–¿Qué grupo? –pregunté extrañado; me pareció como si me hubiera leído el pensamiento.

–Es un grupo de gente al que acabo de conocer, unos chicos estupendos. Nos reunimos para comentar los problemas que tiene el país, por qué se han producido muchos de esos problemas, qué mejoras podrían introducirse... Si quieres, puedes venir algún día. A mí me acogieron muy bien desde el principio. Podría presentarte.

–Mira, conmigo no va todo ese rollo de la política –le interrumpí–. Creo más en las personas que aportan su granito de arena sin insultarse ni armar tanto escándalo.

—Pero las masas necesitan líderes.

—¿No serán los líderes quienes necesitan al pueblo y hacen que se convierta en masa para poder manejarlo?

—Ese es un pensamiento muy idealista.

—Sin ideales el ser humano perdería su humanidad —sentencié dramáticamente.

Noté que a Jorge le había impresionado mi frase.

—Yo no digo que uno no tenga ideales, pero a veces la realidad se da de bofetadas con algunos idealismos —insistió.

La discusión empezaba a cansarme, no tenía ningunas ganas de meterme en profundidades. Mi mente navegaba a la deriva por un mar de realidades mucho más inmediatas: mi padre en el paro, mi corazón huérfano de un amor imposible y los cuatro cates que tenía que recuperar. Así que miré el reloj y exclamé realmente sorprendido:

—¡Las diez de la noche, tío, es tardísimo! En casa me estarán esperando para cenar. ¿Te importa que llame por teléfono?

12

La vida está llena de contradicciones, de helados de nata-fresa. Desde que mi padre está en el paro, le ha dado por desarrollar una actividad frenética. A las ocho de la mañana ya está pasando el aspirador. Luego dedica un par de horas a enviar su currículum a distintas empresas y, a media mañana, se lanza a la calle para visitar más empresas y ofrecerles sus servicios de consultoría financiera, vía internet. Por la tarde se sienta en el ordenador a eso de las cuatro, con un montón de libros que se ha comprado sobre el tema, y no se levanta hasta las nueve. A estas alturas debe de saber tanto de *software* como Bill Gates. No sé por qué pero toda esa frenética actividad me huele un poco a falsa. Tengo la impresión de que es más la imagen que nos quiere transmitir para que no nos preocupemos de su verdadero estado de ánimo. Mi madre, en cambio, no puede disimular que está hecha polvo. Hoy la pesqué llorando, pero hizo como que le había entrado algo en el ojo. Me hubiera gustado hablar con ella, pero, como me ocurre siempre en situaciones difíciles, me quedé cortado. A lo mejor, no tuve valor. Claro que tampoco resulta fácil, le gusta hacerse la dura. Nunca muestra su lado vulnerable. Me parece que debe de tener algo que ver con lo del alcoholismo de mi abuelo, esas cosas marcan.

Mi hermano abrió la puerta de mi cuarto y la volvió a cerrar tras él con tal brusquedad que me hizo saltar del asiento.

–¡Qué susto me has dado, tronco!... ¿Qué pasa? –pregunté al notar cierto misterio en su acercamiento.

–En cuanto termine los exámenes de febrero, voy a ponerme a dar clases particulares. Y, cuando acabe el curso, me iré de voluntario a hacer la mili.

–Pero ¿no ibas a hacerla al terminar la carrera?

–Eso era antes de que papá perdiera su trabajo. Mira, si me voy a la mili, hay una boca menos.

–Estás loco, les darás un disgusto tremendo. Ya sabes la ilusión que tiene papá con que seas médico. Además, por ahora, no creo que tengan problemas económicos. A papá le han dado una indemnización y está cobrando el paro.

–Sí, pero tienen el problema de la hipoteca de la casa. Incluso han pensado en dejar de pagarla y que se la quede el banco.

–¿Qué hipoteca? ¿No es suya la casa?

–No hasta que no terminen de pagar la hipoteca. No sé qué historia pasó con el que les vendió la casa. Debía de ser un sinvergüenza y les ha metido un puro de mucho cuidado.

–Como diría la abuela «a perro flaco todo son pulgas»... Oye, si es por la pasta, esta tarde voy a ir a ver a una persona para enseñarle mis cómics, a lo mejor me encargan algo...

–Venga, chaval, no seas ingenuo, no quiero chafarte, pero hay miles de personas que dibujan fenomenal y no se comen una rosca.

Fue como una puñalada trapera, tronco, no podía ni respirar. A partir de ese momento ya no me enteré ni de lo que él me decía ni de lo que yo le respondía, aunque supongo que no eran más que monosílabos: sí..., no... Claro que Carlos no pareció darse cuenta. En lo que respecta a mis sentimientos nunca se la daba. Siempre me machacaba sin piedad. «¿Adónde vas con esa pinta? No pensarás que así vas a ligar.» «¿A ti te parece que esto es un trabajo? Prepárate con don Eugenio.» «¿Y dices que mañana tienes examen? Pues no tienes ni zorra.» A punto estuve de coger la carpeta de dibujos que tanto trabajo me había costado preparar y tirarla a la papelera. Porque mi hermano me había sentenciado de antemano y su palabra tenía para mí fuerza de ley. Pero, sorprendentemente, Pepito Grillo saltó por primera vez en su vida –que también era la mía– en mi defensa y dijo: «¿Por qué siempre va a tener razón tu hermano? ¿No estabas tan orgulloso de tus dibujos? ¿No te dijo la de Literatura que eran muy buenos? Si no intentas las cosas, nunca te saldrán»... Cogí la carpeta y salí disparado hacia casa de Irene, como si fuera la misión más importante de mi vida. Anduve por las calles sin ver ni oír nada, caminando a ciegas por un planeta desconocido, totalmente zombi. Un coche estuvo a punto de atropellarme. En ese momento adquirí conciencia de mi insignificancia: tan pronto existes como dejas de existir. Y miré alrededor sin comprender nada: ¿adónde iban esas riadas de coches que circulaban en un sentido y en otro de la Castellana obedeciendo ciegamente las órdenes de los semáforos? ¿Adónde se dirigían esas oleadas de gente que cruzaban aquel mar de cemento en cuanto los coches paraban? ¡Qué sinsentido! Otra vez estuve tentado de arrojar mi carpeta a una papelera y sentarme en un banco a pensar en algo que se me escapaba y que ni siquiera sabía qué era. Como si necesitara imaginar mi vida; no la que había vivido, sino la que me quedaba por vivir, y además imaginar la vida de todas esas oleadas de gente que, lo mismo que yo, obedecían a impulsos ciegos. Me sentía agotado por un esfuerzo que aún no había empezado a hacer. Y de pronto, en medio de aquel maremágnum, vi a una niña de unos tres o cuatro años que iba tranquilamente de la mano del que supuse era su abuelo, comiendo una piruleta mayor que su cara, pringada hasta el pelo y rebosando felicidad. A lo mejor a todos los demás nos faltaba aquella piruleta. La piruleta era el talismán para saber hacia dónde íbamos y para qué estábamos ahí, en medio de la Castellana. Con la piruleta en la mano dejaríamos de ser olas que cruzaban aquel mar de cemento apresuradamente sin saber muy bien adónde nos dirigíamos. Los conductores dejarían de tocar irritantemente las bocinas sin ton ni son. Y los coches preguntarían educadamente por qué los hacían correr a esas velocidades siempre a la misma hora. Pensar en el talismán me dio ánimo para acercarme a esa verdad que estaba a punto de descubrir. Y de pronto, volvieron a desaparecer los coches y la gente. Ahora caminaba de nuevo por un planeta solitario en el que yo era su único habitante, pero esta vez sin angustia, sin miedo a lo desconocido. Las luces y el jaleo de la calle me arrojaron de nuevo a la realidad de los sentidos. Estaba delante de la casa de Irene. La imaginé como un islote flotante en medio de un mar donde recalaban todos los supervivientes de los naufragios, a los que ella atendía con mimo. Y yo era uno de ellos, un náufrago que llegaba del espacio sideral y no encontraba el Norte en aquel planeta de mareas humanas y ruedas. Toqué el timbre y me abrió ella. Le di la mano.

–¡Hola, Andrés! ¡Qué mano tan helada! Debe de hacer un frío tremendo, ¿no? Han dicho que estamos a menos dos, seguramente nevará –dijo como una ametralladora.

–No sé, no me enteré de si hacía frío o no –respondí sorprendido ante aquella catarata de palabras.

–Bueno, vosotros nunca tenéis frío. Supongo que a vuestra edad tenéis calefacción interior. ¿Haces mucho deporte?

–No especialmente. Ahora he empezado a hacer pesas y algunos fines de semana juego al baloncesto con Dani.

–Es bueno que hagáis ejercicio, a vuestra edad necesitáis quemar mucha energía.

¿Energía? Pero si había días que casi no podía levantarme de la cama, pero si solo mover mis dos apéndices inferiores con cierta coordinación era un triunfo, pero si a veces tenía que estudiar tumbado, pero si...

–... No me mires con esa cara de incrédulo –dijo–. Yo me crié muy flacucha y muy enclenque hasta que mi padre me apuntó a un gimnasio cuando tenía trece años. Y me cambió la vida. Increíble, ¿no? Al principio me rebelé, no quería. Acababa con agujetas y sudando, pero al cabo de dos meses, empecé a comer mejor y a sentirme llena de energía.

Era la primera vez que la oía hablar de su vida y se me hacía raro. Estás acostumbrado a ver a los profesores como seres aparte, con una gran distancia por medio, a veces es tanta esa distancia que llegas a perder de vista que son seres de carne y hueso, como tú. Cuesta imaginarlos con el carrito de la compra, viendo la televisión o poniendo la lavadora, sobre todo al Puella, que pegaba mucho más soltando discursos en el Senado romano que planchándose una camisa, o a la Rambo, que seguro que preparaba la tortilla de patata con la misma precisión y energía que una fórmula química. Irene era más accesible, pero, aunque a veces discutíamos en clase otros temas que no tenían nada que ver con la Literatura, apenas sabíamos nada de su vida. Me sentía a gusto espiando todos los rincones de su casa mientras me contaba esos pequeños secretos que hacen humanas a las personas. Hasta olvidé para qué había venido.

—Ya no creo que tarde Sergio —dijo mirando el reloj—. A veces se retrasa, pero hoy no creo, sabía que venías tú. ¿Quieres un refresco?

Iba a decirle que no se molestara, pero me hizo seguirla a la cocina.

—He preparado algunas cosas de picar. ¿Me ayudas a llevar las bandejas?

¿Algunas? ¡Vaya papeo! Había tortilla, embutidos, empanadillas, aceitunas y quesos.

—No tenías que haberte molestado —dije tímidamente cogiendo una bandeja.

—No es ninguna molestia. Generalmente nosotros cenamos cosas de picar, a Sergio le encanta y la verdad es que es más cómodo.

Cuando me dirigía al salón, se oyó una llave en la cerradura, el ruido de la puerta que se cerraba y unos pasos por el parqué. Era Sergio, nos encontramos a la mitad del pasillo, pero yo no podía soltar la bandeja para darle la mano sin riesgo de que se cayeran los platos.

—¿Te ayudo? Veo que Irene te ha puesto rápidamente a trabajar —me dijo afectuosamente.

Por fin pude dejar la bandeja encima de la mesa del salón. Irene hizo las presentaciones más por seguir un ritual social que por una necesidad real, pues yo sabía quién era él y él sabía quién era yo.

—Irene dice que vales para el dibujo, que tienes una gran imaginación, te ha puesto por las nubes.

Se me subió el pavo a la cara y me sentí incapaz de articular cualquier sonido medianamente inteligible. Irene acudió en mi ayuda.

—Juzga por ti mismo, ahí tienes la carpeta —le indicó.

—¿Puedo? —me preguntó Sergio cogiéndola entre sus enormes manazas.

—Claro —respondí paralizado.

De pronto me entró un ataque de pánico. ¿Y si no le gustaban? ¿Y si le parecía que estaban bien para ser de crío, pero nada más? Me hubiera gustado salir corriendo. Me sentía como si estuviera desnudo frente a alguien y me estuviera juzgando. Lo observé mientras mi vesícula producía cantidades enormes de bilis que empezaban a amargar mi saliva, y mis glándulas sebáceas soltaban ríos de sudor que me resbalaban por la frente, el cuello y la espalda. Me pareció que pasaba años con cada una de las láminas, sin hacer una mueca, sin el menor comentario. Tenía la impresión de que mis pies se habían atornillado al suelo y mi boca sería incapaz de volver a pronunciar una sola palabra.

–Está muy bien resuelto este personaje, con cuatro trazos muy simples, y también está muy lograda la capacidad de movimiento que tiene. Eso es muy importante en el cómic –dijo analizando las viñetas de Retoñito.

Me quedé esperando el pero, la parte negativa, que, estaba seguro, vendría a continuación. Por eso me quedé sin habla cuando añadió:

–Si tú quieres, podría enseñárselos a los de Trex, una de las empresas para las que trabajo, creo que encajan bien en su línea.

¿Que si quiero? Sentí que mis pies se levantaban del suelo y yo levitaba en el espacio sideral. Quería echarme en sus brazos y plantarle dos besos. Pero, como solía ocurrirme en esas situaciones, los sonidos se agarrotaban en mi garganta como garfios sin encontrar el modo de articularse para convertirse en palabras.

–¿Y cómo se te ocurrió esto? –me preguntó señalando a Abd al-Rahman I.

–Bueno..., es..., en realidad... –me sentía otra vez muy inseguro, ¿por qué diablos me habría dejado convencer por mi hermana y lo había metido en la carpeta?–. Es para un trabajo de Historia –conseguí soltar de corrido.

–Me parece una idea genial para introducir en los libros de texto, tan escasos de humor. ¿No tienes más? –me preguntó.

–Tengo otras cuatro láminas, pero no pensé que podrían interesarte.

–Pues me interesan y mucho. Se ve que te has empollado el tema de los árabes a fondo y has captado muy bien esa parte de la historia que no se suele contar en los libros. Creo que puede despertar el interés de alguna editorial; pero, si deciden incluirlos en los libros, te va a suponer mucho trabajo y supongo que no tendrás tanto tiempo.

–Tengo de sobra –me apresuré a responder.

–¿De sobra? –se escamó Irene–. Recuerda que aún te quedan unos cuantos meses de curso y además tienes que recuperar las asignaturas que te han quedado.

–Si me lo propongo, puedo hacer las dos cosas, en serio.

–Te advierto que, una vez que te comprometes, hay plazos de entregas –me advirtió Sergio.

–Puedo hacerlo, de verdad –les aseguré.

–Necesitas el permiso de tus padres –me advirtió Irene.

–No hay problema, me lo darán –les tranquilicé.

–Y tienes que prometerme no abandonar los estudios, eso es lo más importante –me pidió Sergio.

–Lo juro –dije poniéndome la mano en el pecho.

¡Qué euforia me entró, tronco! Me sumergí en tal estado de diarrea mental que les conté mi vida entera, hasta lo del paro de mi padre, como si los conociera de toda la vida, no me quería marchar. Hablé por los codos. Me liberé de la coraza de hierro que desde hacía meses me oprimía el pecho sin casi dejarme respirar. Perdí la noción del tiempo. Hubiera seguido allí sentado toda la noche de no ser por el odioso sonido del teléfono que, de golpe, me volvió a la otra realidad, la de los sentidos, la del reloj, la de tengounafamiliaquemesperaparacenar. ¡Las once y media!

—Lo siento, pero me tengo que marchar, es tardísimo –dije olvidando los buenos modales y plantándome de dos zancadas en la puerta.

—¿No saben tus padres que estás aquí? –me preguntó Irene.

—No... es que creí que... volvería a casa para la hora de cenar –balbuceé avergonzado.

—Deberías haberles llamado, de todos modos hazlo ahora y adviérteles que vas para allá –me ordenó Irene preocupada.

—Venga, te acerco yo en el coche –dijo Sergio colgando el teléfono.

—No, por favor, no quiero haceros una faena.

—No es ninguna faena, me encantan las noches y los paseos en coche –insistió Sergio.

Marqué el número de casa rogando por dentro que me contestara Carlos. Y por una vez la suerte estuvo de mi parte.

—Oye, Carlos, dile a mamá que estoy en casa de una profesora y no me he dado cuenta de la hora, pero que ya salgo para allá; me llevan en coche y llegaré en cinco minutos.

Menos mal que Carlos no se puso en plan hermano mayor palizas y me respondió con un escueto «vale». A lo mejor estaban mis padres delante. Este incidente sepultó de golpe y porrazo los momentos de gloria que estaba viviendo. Como diría mi abuela «una de cal y otra de arena». ¿Por qué no podían ser todos los momentos de cal? ¿O era de arena? (Siempre me olvidaba de cuál era la buena). Vaya imagen de irresponsable que había dado ante la persona que me ofrecía un trabajo. Podía pensar que lo mismo que me olvidaba de avisar a mis padres, podía olvidarme de entregar los dibujos. Pero, si lo pensó, no lo dijo. Al contrario, me trató como a un colega, comentando distintas técnicas y distintos estilos de cómic. Hablamos de la película de Tim Burton *Pesadilla en Navidad*. Él la había visto doce veces, macho, vaya control tenía. Durante el trayecto, recuperé los momentos de gloria y saboreé mi primer éxito, sobre todo, la satisfacción de ser valorado por algo que hacía, que me gustaba hacer y que podría seguir haciendo de una manera profesional. Por fin había encontrado mi piruleta, mi talismán. Ya no tenía que pensar en qué quería ser, qué iba a ser de mí. Ya no tenía que convertirme en ola para cruzar la Castellana: podía elegir ser delfín o tiburón o estrella de mar. Ya no tenía que acomplejarme por mi falta de futuro. Ya no iba a ser la pesadilla de mis padres. Ya... Ya habíamos llegado.

–Muchas gracias por todo, Sergio.

–No hay de qué, estaremos en contacto –dijo haciéndome un gesto de adiós con la mano.

13

Que no estén enfadados, que no estén enfadados... En todo caso, seguro que cuando les cuente las buenas noticias, se les pasará el enfado. Tampoco ha sido tan grave, solo un par de horas de retraso. Otra cosa sería si hubiera estado toda la noche por ahí. Además, no te dan un trabajo todos los días. Es alucinante, ni yo me lo creo. Bueno, allá voy, como el Cid Campeador, cuantas menos vueltas le dé, mejor.

No había luz en el salón, estaban ya en su cuarto. Mis pasos por el parqué del pasillo rompían escandalosamente el silencio. Por la rendija de la puerta, vi luz en el cuarto de mi hermano. Dudé si entrar o coger directamente el toro por los cuernos. En realidad, ¿qué podía decirme mi hermano? ¿Ponerme en antecedentes? ¿Adelantarme el estado de humor de mis padres? Seguí avanzando a pecho descubierto y me paré ante su puerta. Silencio mortal. Debían de estar leyendo, porque tenían la luz encendida... Siempre había algo que te estropeaba los momentos de gloria. Para una vez que algo me sale bien... Llamé tímidamente a la puerta, con la esperanza de que se hubieran dormido con la luz encendida y no me oyeran.

—Adelante —dijo la voz de mi padre.

Sin examinar siquiera sus caras, me lancé a una verborrea desenfrenada, absolutamente incoherente pero cargada de entusiasmo. Cuando terminé el mitin, me quedé expectante, esperando el aplauso que suele seguir a un triple salto mortal. Por eso la reacción de mis padres hizo que mi alma se cayera más abajo del suelo dándose un trompazo que yo sentí como herida de muerte.

—Si te parece, lo hablamos mañana, Andrés, es muy tarde —dijo mi madre con una gran frialdad. O al menos eso me pareció.

Entonces no me contuve.

—¿Qué pasa, que solo os alegráis de los éxitos de Carlos? —grité fuera de mí.

—Andrés, cálmate, no digas disparates —me advirtió mi padre.

—¿Disparates? Si hubiera sido Carlos, ya estaríais felicitándolo y celebrándolo, pero como soy yo, el paria, el tonto de la familia, el que siempre hace las cosas mal, es otra cosa. Ya os dije que sentía el retraso. Se me olvidó llamar por teléfono, ¿vale? Uno no está acostumbrado a pisar la luna todos los días. Se me fue el santo al cielo, no creí que fuera tan tarde, empezamos a hablar y a hablar... Por fin encontré a alguien que aprecia y valora lo que hago...

—Andrés, estás siendo muy injusto con nosotros —me interrumpió mi madre.

—Y vosotros conmigo. Os doy la noticia de mi vida, y os quedáis como témpanos. Ni un «enhorabuena», ni unas palabras de aliento, nada. ¿Os creéis que me podéis despedir con un «ya hablaremos mañana»? ¿Por qué no hablarlo hoy?

—Si sugerí que lo habláramos mañana, es porque no es un tema para despacharlo en dos minutos, me parece que es mejor hablarlo con calma, y ya sabes que tengo que madrugar –dijo mi madre con aspecto cansado–. Además ahora estás nervioso y es mejor que te tranquilices. Seguro que mañana ves las cosas de otra manera, con más perspectiva.

En el fondo, sabía que tenía que dejar aquí el asunto y continuarlo mañana tal y como decía mi madre; pero, cuando se te cruzan los cables, resulta difícil controlarte y seguí insistiendo.

–No sé de qué diablos hay que hablar, o ¿es que vuelvo a ser un niño incapaz de tomar decisiones? ¿No quedamos en que era un adulto responsable de mi propia vida?

–¿Has pensado en tus estudios? ¿En lo que puede suponer aceptar un trabajo que te va a quitar tiempo? –me preguntó mi padre.

–Naturalmente que lo he pensado y creo que soy suficientemente capaz de hacer las dos cosas –dije con la seguridad y el aplomo de quien se está tirando un farol.

La verdad es que solo de pensar en recuperar las cuatro asignaturas que me habían quedado, me daban los siete males. Últimamente los libros se me caían de las manos. Había demasiadas cosas importantes en mi vida que me ocupaban por completo; y a pesar de poner voluntad, las Mates y la Física y Química me resbalaban con la misma ligereza que las gotas de agua por el cristal de la ventana.

–¿No sería mejor esperar a acabar el curso? –aventuró mi madre.

–¡Hombre, qué bien! Me parece una idea fantástica –dije aderezando las palabras con una buena dosis de sarcasmo–. Supongo que, cuando a papá le ofrezcan un trabajo, les pondrá él las condiciones.

Cuando terminé de decirlo, deseé con toda mi alma tragarme de nuevo las palabras. Me di cuenta de que estaba actuando como un niñato inmaduro y caprichoso, incapaz de dialogar y, sobre todo, queriendo ignorar la realidad o, al menos, cambiarla a mis conveniencias.

—Lo siento —dije desolado—, no quería decir eso. Creo que tenéis razón, es mejor hablarlo mañana, cuando yo esté más tranquilo. Buenas noches, mamá —añadí dándole un beso. Luego repetí el ritual con mi padre.

—Hasta mañana, hijo, y enhorabuena por el éxito —dijo mi padre agarrándome un brazo y oprimiéndomelo con fuerza.

Salí odiándome por mi falta de frialdad, por mis arrebatos furibundos que me impedían ver las situaciones con objetividad. Si lo pensaba bien, era normal que se preocuparan de que ese trabajo pudiera afectar a mis estudios. Después de todo, tenía cuatro cates que recuperar y cuarto de la ESO era un curso duro, los profesores nos estaban apretando bien las tuercas. Pero no quería perder la ocasión de hacer ese trabajo; era la oportunidad de mi vida, de demostrar que valía... Había luz en mi cuarto. Seguro que mi hermanita había estado enredando en mis cosas y se la había dejado encendida.

—¡Hola, Andrés!

—¡Joder, Paulita, qué susto me has pegado! ¿Qué estás haciendo en mi cuarto a estas horas?

—Quería que me contaras qué había pasado. ¿Te han echado la bronca? ¿Dónde has estado? ¿Has ido a presentar la carpeta? —preguntó como una metralleta, con sus ojos somnolientos clavados en ella.

—¡Vaya hermana más plasta y cotilla! —dije por mantener mi imagen de duro, aunque en el fondo estaba encantado de su interés por mis asuntos.

—¿Te los han aceptado? —inquirió expectante.

—Bueno, dijo que no estaban mal, pero que tampoco eran para tanto —bromeé. Cambié sobre la marcha al ver su cara de decepción—. Que sí, tonta, me los ha aceptado, va a enseñar los cómics de Retoñito en una empresa y, quizás, una editorial publique también los de los árabes.

–¿Lo ves? –gritó entusiasmada–. Te dije que también los llevaras, que estaban fenomenal. Me darás comisión, ¿no?

–¡Chist!, calla, no grites. Como se entere mamá de que estás despierta, nos mata a los dos, buitre.

–Espera a que se entere Andrea. Si ya estaba colada por ti, no te digo nada ahora, serás su héroe.

A pesar de la paliza que me daba siempre con su amiguita, en ese momento agradecí ser el héroe de alguien, tronco. Supongo que, después de hacer un salto mortal, uno necesita el aplauso del público. Le conté la conversación con nuestros padres y le confesé mis miedos. Mi hermanita, a pesar de ser pequeñaja, escuchaba mejor que muchos adultos y solía darme buenos consejos. En todo caso, necesitaba su compañía.

–No sé por qué te preocupas, eres perfectamente capaz de aprobar todo. Si no apruebas, es porque no estudias –dijo llena de razón.

–¡Nos ha merengao! Eso ya lo sé yo. No creas que no lo he intentado, pero en seguida me distraigo con otras cosas.

–Lo que pasa es que estudias sin interés y por eso te aburres.

–¿Y qué solución propone la doctora Sabelotodo? –recité con voz de robot.

–No seas tonto, esto es importante –dijo con una seriedad que me llegó al alma–. ¿Qué es lo que más te gusta hacer? Dibujar cómics, ¿no?

–Paulita, es la una de la madrugada, ¿adónde quieres llegar con ese razonamiento?

–Pues que la solución es que estudies haciendo cómics, seguro que así se te quedan mejor las cosas, porque te divertirás mientras estudias.

–¿Sabes que eres muy lista? No es mala idea. A lo mejor a Sergio le pueden interesar para las editoriales y así mato dos pájaros de un tiro.

–¿Lo ves? Soy un genio. Pero los genios también cobran comisión.

–Ven aquí, buitre sin entrañas.

–Está bien, suéltame, te perdono la comisión; pero ¿qué me dices de Andrea? ¿No te gusta ni siquiera un poquito?

–¿Serás celestina?

–Podías darle una oportunidad, ¿no?

–Lo siento. Mi corazón necesita estar en barbecho una buena temporada.

–Ya veo que sigues pensando en Sara. ¡Sí que te ha dado fuerte!

–Eso es el amor de verdad, niña, y no como tú, que cambias cada mes.

–Pues nada, hombre, desahógate.

–Tú no lo entiendes, sin Sara nada tiene sentido. Con ella era diferente, lo pasábamos bien con cualquier bobada. Hasta estudiando Mates, que ya es decir; nos reíamos un montón. Imitábamos al Salivazos y acabábamos siempre con toda la mesa llena de lapos. Se hubiera alegrado un montón de esta noticia. Siempre me animaba a dibujar. Me hacía sentir como un genio. No sabes cuánto la echo de menos, Paulita. Sara es muy inteligente y muy vital, no sé cómo decirte, disfruta con todo...

–Me pregunto cómo le puede gustar ese niñito pijo, que es un engreído y un estirado.

–A veces, las apariencias engañan.

–¿Me vas a decir que no es un pijín?

–No, no lo es. Ahora que lo conozco mejor, he visto que es un tío muy majo y desde luego, nada pijo, al contrario, me llevé una gran sorpresa al ir a su casa.

–Pues cómo lo disimula.

–Creo que nosotros, con nuestra actitud, tuvimos bastante culpa. Esa pose suya es una manera de disimular sus sentimientos. Ha debido de pasarlo fatal. Y encima, no tiene padre.

—¿Quieres decir que se ha muerto?

—No, por cómo me lo dijo, me dio la impresión de que era hijo de madre soltera.

—Pues, con todo eso que me cuentas, podría ser un poco más comprensivo con los demás. Si vieras con qué desprecio trata a Soraya, como si fuera basura. Y todo porque es árabe...

—Me parece raro. ¿No le habrá hecho algo ella? A lo mejor se ha metido con él.

—¿Soraya? Tú no la conoces, es timidísima, casi no habla. Bueno, ahora un poco más, pero al principio...

—A veces los tímidos tienen dos caras. Mírame a mí: soy Andrés y, de pronto, me convierto en Andrenstéiiiin.

—Eres tonto, Andrés, vas a despertar a papá y a mamá, luego dices de mí. Y no pongas ese careto, que das miedo.

—¡Ay, qué miedo tengo! Soy Caperucita y me va a comer el lobo. ¡Osss! —dije con voz de sarasa.

—Vale, encima que me intereso por tus problemas, me tratas como a una alfombra.

—No, tonta, mucho mejor, al menos a ti no te piso.

—Serás cefalópodo —me insultó lanzándome proyectiles.

—¡Qué boba eres! ¿No ves que estoy de broma? Te agradezco un montón que me escucharas, en serio, necesitaba hablar con alguien.

—No te preocupes, dos horas de consultorio con tarifa nocturna hacen un total de...

—Venga, carroña, a dormir, que mañana no va a haber quien nos levante.

14

Voy. No voy. Voy. No voy. Voy. No voy... Me paso el día deshojando la margarita, tronco, no sé qué hacer. Sara me ha invitado a su fiesta de cumpleaños, pero ¿qué pinto yo allí mirando como un tonto mientras ella baila con Jorge? Belén me ha insistido muchísimo para que vaya. Dice que ella también va a ir, que se piensa escapar de casa, que ya está harta de tanto encierro. Quizá debería ir para acompañarla, últimamente está muy nerviosa. Pero ¿a qué voy a ir, a sufrir? El almacén del padre de Sara era algo muy nuestro. Pasamos meses pintando las paredes para la fiesta que dio Sara el año pasado. No veas lo que trabajamos, como Miguel Ángel en la Capilla Sixtina. La de horas que le echamos, pero mola mazo. Una obra de arte. Arte abstracto. Además lijamos baúles viejos y cajas de madera que había por ahí, los barnizamos y los convertimos en asientos. El padre de Sara no se lo podía creer cuando vio la transformación. Dijo que a lo mejor nos contrataba para redecorar la casa. En broma, claro, porque su mujer es de lo más clásica. Qué felices éramos entonces. Necesitábamos estar juntos las veinticuatro horas del día.

En cuanto llegaba a casa, ya estaba llamándola por teléfono (con el consiguiente mosqueo de mis padres y supongo que de los suyos): «Sara, he estado a punto de ser devorado por la eternidad, pero tu voz me ha salvado...».

No tengo remedio, ya me ha dado otra vez la venada sentimental. Parece que hubiera pasado toda la vida con ella y sólo fueron dos años, aunque ya en 1º tonteábamos un poco. Ahora será Jorge quien la ayude a prepararlo todo. Supongo que su madre hará tortillas, las cocina de vicio. No sé qué toque mágico les pone, pero saben distintas a cualquier otra. Y la morcilla, ¡qué morcilla, tronco! Vale, voy, decidido, aunque sólo sea por la morcilla.

Cuando entré en el almacén, nuestro almacén, Sara se acercó a recibirme. Parecía una princesa intergaláctica. Con un traje azul metalizado, corto y ceñido, y su melena dorada que flotaba en el aire esparciendo su olor a limón.

–¡Hola, Andrés!, me alegro mucho de que hayas podido venir.

–Toma, el regalo –dije bastante cortado, sin un «felicidades» ni ninguna otra palabra de cortesía que disimulara un poco mi desasosiego.

Era un regalo que había preparado con muchísimo mimo, le había dedicado horas –pensándolo, haciéndolo, empaquetándolo, escribiendo el mensaje, imaginando el momento en que lo abriera–. Era una colección de cajas de madera de mayor a menor –una dentro de otra–, pintadas y lacadas por mí y en la última estaba el mensaje: «Tus sueños son nubes al galope sobre el cielo azul», pero ahora me parecía un regalo ridículo, fuera de lugar. Quería morirme, tío. Quería coger el paquete y largarme de allí. ¿Por qué era tan gilipollas? ¿Por qué no le había regalado un *compact disc* o una camiseta como todo el mundo?

–No lo abras ahora, prefiero que lo abras después de la fiesta –dije en tono casi insolente.

–Como quieras –me contestó sonriendo.

Era una sonrisa cómplice, una sonrisa cargada de significados... ¡Y un cuerno! Ya estaba mi mente calenturienta elaborando una ristra de fantasías. Con la sonrisa, lo único que quería agradecerme era mi acercamiento a Jorge en los últimos días. Iba a perderme entre la gente, cuando ella me agarró del brazo:

–¿Te apetece bailar? –me preguntó de sopetón.

¿Bailar? ¿Qué era eso de bailar? ¿Para qué bailaba uno? Había llegado a un planeta extraño, con una gente que no había visto en mi vida, que se reían por todo y decían incoherencias, al menos para mí. Supongo que en algún momento yo habría sido parte de ellos, pero en este preciso instante me sentía como un pulpo en un garaje. Claro que a lo mejor resultaba divertido ser un pulpo en un garaje cuando uno sabe que es un pulpo y que está en un garaje. Lo malo es no saberlo.

–Vale, ¿por qué no?, vamos a bailar –respondí siguiendo el juego que se esperaba de mí.

Y me divirtió ver que la palabra bailar sonaba en mis oídos como si fuera la primera vez que la oía. El juego empezaba a gustarme. Hasta entonces, nunca me habían parecido extrañas las palabras, formaban parte de nuestra rutina. Como nunca me había parecido extraño mover el esqueleto al ritmo de la música. En cambio ahora me costaba liberar mis apéndices de la rigidez que los agarrotaba. ¿Por qué era tan fantástico dar saltitos? Esta noche iba a descubrirlo, ya que antes nunca había pensado en ello. Cuando empezaba a meterme de lleno en aquella, llamémosla, representación, empezó a sonar la canción de Los Rodríguez, mi canción, la de *Mis amigos me dijeron: Andrés, no te enamores la primera vez*. Y me quedé otra vez cortado, sin saber qué hacer. En primer lugar, por la alusión hacia mi persona y, en segundo lugar, porque era una canción que implicaba cierta cercanía al bailar.

–¿No quieres bailar? Es tu canción –dijo la princesa intergaláctica acercando su cuerpo al mío.

–Sí, claro –balbuceé agarrándola más como un robot que como un pulpo.

El olor a limón de su pelo penetró mis sentidos trayéndome de nuevo una oleada de recuerdos de aquella otra vida y de aquel otro yo que había sido en otro tiempo. Las puntas de su melena dorada rozaban mis manos inmóviles en su cintura. Deseé que nunca acabara la canción, pasar el resto de mi vida dando vueltas pegado a ella, así, sin hablar, dejándome invadir por aquella avalancha de sensaciones. Me costó una burrada aterrizar de nuevo en el garaje y ser pulpo de nuevo. A pesar del *heavy metal* que ahora golpeaba machaconamente nuestros oídos.

–Lo siento, pero es mi turno –dijo José interponiéndose entre la princesa y yo.

Me quedé completamente alelado. Quería sacudirme las sensaciones que aún flotaban dentro de mí acariciándome las fibras más sensibles del cuerpo, pero no era capaz. Me ocurría como por las mañanas, que no me despertaba hasta la segunda hora de clase. De no ser por Dani, que vino a rescatarme, me habría quedado allí toda la noche, rozándola con la mirada, sintiendo las olas que mecían mis sentidos.

–Vamos a beber algo, tronco –me dijo.

Fuimos hacia la mesa donde estaban las bebidas. Nada de alcohol. En eso el padre de Sara era inflexible. Imagínate, tío, el típico deportista cachas y naturista convencido. Estaba empeñado en que nos estaban envenenando a todos con las guarradas que nos metían en los alimentos, que, entre las hormonas, los pesticidas, los colorantes, los conservantes y las grasas animales, en unos años íbamos a sufrir una mutación bestial.

–Te voy a preparar un cóctel explosivo –me dijo en tono confidencial guiñándome un ojo.

En seguida sospeché de él.

–No habrás hecho alguna de las tuyas, ¿verdad?

–Esto es solo para los amigos, reserva especial, tío –dijo sacando una litrona de Coca-Cola de detrás de unas cajas–. Prueba.

–Es calimocho, ¿de dónde lo has sacado?

–Uno que tiene sus contactos –dijo dándose importancia.

–Como se entere el padre de Sara, te mata –le dije preocupado.

–No tiene por qué enterarse. ¿Quién puede decir que esto no es una botella de Coca-Cola?

–No sé... Me parece que es hacerle una putada a Sara...

–Venga, tronco, es solo para entonarnos un poquito, tampoco es cosa de ponerse pedo. Anda bebe un trago, creo que lo necesitas.

Después de un par de vasos, mi espíritu flotaba alegre al ritmo de Metallica. Belén pasó por mi lado y la agarré de una mano. Empezamos a dar vueltas como peonzas. Bailar era eso, sacudir los pensamientos hasta echarlos a todos de la mente; incluso las imágenes de Sara acaramelada con Jorge pasaban rozándome los ojos sin dejar huella. Cuando estábamos al borde del infarto, pusieron música de salsa. Belén se pegaba a mí dejándome sentir cada una de las partes de su anatomía diez. Notaba su calor invadiéndome el cuerpo...

–¿Tomamos algo? –dije en un ataque de pánico.

–¿Qué pasa? ¿No te gusta bailar conmigo? –se mosqueó.

–Al revés, tonta, me gusta demasiado.

–Anda, ven –dijo llevándome a un apartado– aquí puedes besarme. Si quieres, claro.

Empezamos a morrearnos casi sin querer, dos cuerpos que se atraen y necesitan uno el calor del otro. Al cabo de unos minutos estaba sudando como un pollo en el asador, necesitaba beber algo.

–Espérame aquí, que voy a buscar refrescos –le dije.

Me encontré a Dani bastante trompa, bebiendo a morro de la botella trucada.

–Dani, déjalo ya, estás completamente pedo.

–¿Y quiénmeloprohíbe? –dijo arrastrando la lengua al hablar

–Estás en casa de Sara y su padre no quiere alcohol, ya sabes cómo es.

–Quéchicotanbuenotasvuelto. Desdequetejuntasconelnazi.

Me subió una rabia incontrolada.

–Eres un gilipollas, Dani, das asco.

–¿Por qué? ¿Porquenomechocolonia comoelnazidemierda?

–Retira lo dicho, Dani, te lo advierto –dije amenazadoramente, conteniendo la rabia a duras penas.

–¡Huy!, quémiedomedas, miraloquehago –respondió echándome lo que quedaba en la botella por encima.

Me hubiera tirado a él de no ser por Sara, que me sujetó.

–Déjalo, Andrés; ven que te limpie. Y tú, Dani, vete a casa antes de que venga mi padre.

–Yamevoy, tranquila, yamevoy.

Salió dando tumbos y desde la puerta gritó:

–Estaesunafiestaparabebés.

Por unos instantes el ambiente quedó electrizado, con una tirantez que daba calambre. Entonces José puso un disco de Michael Jackson y salió al ruedo a imitarlo. Hacía una imitación perfecta. Con sus pantalones y su cazadora de cuero negro, se movía exactamente igual, parecía su doble. Empezamos a corearlo y a animarlo. Alguien le tiró un sombrero. Él se quitó la cazadora, se la lanzó a Sara y siguió bailando con el sombrero. Se dejaba la piel en cada paso que hacía, parecía un contorsionista. Yo, que apenas lograba coordinar los brazos con las piernas al ritmo de la música...

Cuando quise atacar la morcilla, comprobé que se había acabado. Y yo que había venido precisamente por ella. Me atiborré de tortilla y de chorizo... Vueltas. Saltos. Humo. Bakalao. A esas alturas de la noche había dejado de ser un pulpo en un garaje y volvía a ser uno de ellos. En lugar de vísceras tenía música, tronco. Salimos de allí a las dos de la mañana y me ofrecí a acompañar a Belén a su casa.

–He tenido que mangarle la llave a mi madre –me confesó–. Mi padre, para asegurarse de que no salgo, me ha quitado la mía. Me tiene como en una cárcel, ya no lo aguanto más, Andrés.

–¿Crees que no se habrán dado cuenta de que te has largado?

–Espero que no, mi padre me mataría.

–Me gustaría poder ayudarte, pero no sé cómo.

–Ya me has ayudado un montonazo, no sé qué habría hecho sin ti –dijo abrazándome.

No sé por qué pero ahora me sentía incómodo, me arrepentía de haberla besado en la fiesta. Ella iba a pensar que quería enrollarme con ella, y no era así. No es que no me gustara, pero seguía pensando en Sara. La culpa la tuvo el calimocho y la adrenalina que te produce mover a lo loco el esqueleto y el estado de hipersensibilidad de los sentidos en el que me había dejado Sara. Joder, no pensé lo que hacía. Pero tampoco era cosa de darle un palo y volver a contarle el rollo de que solo éramos amigos. Bastante tenía con lo de su padre. Recorrimos un buen trecho en silencio. ¿Qué podía decirle? Como siempre en estos casos, mi mente, normalmente calenturienta, se quedó en blanco.

–He visto un anuncio en el periódico en el que piden chicas entre catorce y dieciséis años para pasar modelos, mañana voy a llamar –dijo ella.

–Oye, ten cuidado, Belén, a ver si va a ser alguna organización de trata de blancas. Mejor voy yo contigo, por si acaso. Y de paso echo un vistazo al personal –dije bromeando para distender un poco la conversación.

–¡Ah!, ya veo que es por tu propio interés. Y yo que me hacía ilusiones de que te preocupabas por mí...

–¿Y no me preocupo? –dije poniéndome de rodillas–. Soy tu escudero. Mataré un dragón, cortaré las siete cabezas de la serpiente, ahuyentaré al fantasma del castillo, te rescataré de las garras del ogro...

–Vale –me interrumpió riéndose–, precisamente allí, en aquella ventana, tienes al ogro más feroz del mundo.

–¿Es ese el cuarto de tu padre?

–Sí, estoy cagada, espero que no se despierte cuando yo entre.

–Venga, suerte, seguro que no. Cuanto menos lo pienses, mejor. Pero quítate los zapatos, por si acaso –le aconsejé.

Tenía esa expresión de niña desvalida y asustada que se le dibujaba en la cara en los momentos difíciles. Me hubiera gustado subir con ella y enfrentarme a su padre, pero eso no haría más que empeorar la situación. Me fui a casa con una sensación de impotencia y desasosiego enormes. ¡Hay tantas cosas que están fuera de ti, que no puedes controlar!...

15

Una frase de doce palabras: «Andrés, es el regalo más bonito que me han hecho nunca, gracias». Y aquí estoy, todo el día comiéndome el tarro, como si esa frase encerrara el misterio más grande del universo. Lo que puede dar de sí una frase, tronco, empieza uno a darle vueltas y acaba con un tratado filosófico. ¿Y por qué? Porque fue Sara quien me la dijo. Y una frase no son solo las palabras, una detrás de otra, está el tono, el gesto, la mirada... Yo que estaba convencido de haber hecho el ridículo más espantoso... Imaginaba mi regalo en boca de todos: «¿Qué, te gustan las cajitas?». «Mira, ahí va el cajonero...». Incluso pensé en no aparecer hoy por el instituto. Todavía rompo a sudar cuando recuerdo el momento en que Sara se me acercó. Deseé que me tragara la tierra y me preparé para escuchar las palabras que me hundirían en la más espantosa de las miserias, la humillación. Por eso me quedé completamente descolocado al escuchar la frase de doce palabras; la frase digna de tratado; la frase que pasará a la historia. Y sobre todo cómo la dijo, porque estaba emocionada, conozco a Sara. Además, no dijo: «es un regalo muy bonito» o «me gustó mucho tu regalo»; no era una fórmula de cortesía cualquiera, era un sentimiento expresado con palabras, una emoción parlante: «es el regalo más bonito que me han hecho nunca». Imaginé una y mil veces sus manos abriendo cada una de la cajas y su sorpresa al encontrar otra dentro diferente y sus ojos descubriendo los secretos que escondía la pintura de cada una de ellas... Supongo que no le resultaría difícil adivinar los distintos enigmas. Nos pasábamos el día inventando códigos secretos, descifrando lo que escondían los objetos, buscando el porqué de las palabras, mandándonos mensajes a través de las nubes...

–Andrés, te llama Sara por teléfono –gritó mi hermana desde el pasillo.

Mi corazón se paró unos segundos. Sí, se paró, dejó de funcionar. ¿Te imaginas la impresión? ¡Qué fuerte, tronco! Nunca pensé que mi mente pudiera tener semejante poder. Yo pensando en Sara y ella va y me llama. Pura telepatía. A partir de ahora ya no necesito las nubes para mandarle mensajes, me basta y me sobra con el sentimiento, no necesitamos las palabras... Cogí el auricular con mano temblorosa y el corazón en la garganta.

–¿Sara?

¿Alguna vez se te ha derrumbado un castillo encima? ¿El castillo que habías construido con tanto mimo, con tanto cuidado? ¿Alguna vez fuiste lechera y se te cayó el cántaro? Todo eso me ocurrió a mí en ese preciso instante. Adiós gallina. Adiós pollitos. Adiós cerdo. Adiós cerditos... Estuve un buen rato sin poder reaccionar. A pesar de que Sara esperaba mi respuesta al otro lado del hilo.

–Sí..., perdona, es que me he quedado un poco..., bueno, espérame, voy para allá.

No llamaba para decirme que se había dado cuenta de que no podía vivir sin mí, ni siquiera para hablar conmigo.

Llamaba para decirme que Belén se había fugado. Me sentí culpable por no haberle telefoneado. Pensaba hacerlo al volver del instituto para saber qué había ocurrido, por qué no había ido hoy a clase. Temía que sus padres hubieran descubierto su escapada y la hubieran mandado a un correccional. Pero me olvidé de ella. Sara ocupaba todo mi pensamiento. Un pensamiento inútil y estéril, hurgando en una frase que solo quería decir lo que había dicho y punto. Sin doble sentido, sin otros significados, sin ningún añadido. «Es el regalo más bonito que me han hecho nunca», venga de ti o venga de otro, la importancia es del regalo. ¿Cómo he podido ser tan estúpido? ¿Habrá algún otro ser en la tierra que me iguale en estupidez? No existía ninguna fuerza telepática, Sara estaba a años luz de compartir mis sentimientos. En cambio, Belén me necesitaba... Corrí hasta casa de Sara como si en ello me fuera la vida y llegué sin resuello. Sara y Jorge me esperaban en el portal.

–Pensamos que tú podrías saber algo de ella –dijo Jorge–. Sus padres están desesperados.

Puse en funcionamiento la memoria del disco duro (sábado por la noche, fiesta de Sara), pero la encontré muy liada. Todo estaba revuelto. Como si alguien se hubiera divertido jugando con los cables. ¿Había hablado de fugarse? No recordaba las palabras exactas de Belén. Estaba muy nerviosa, eso sí lo recuerdo. Y tenía miedo de su padre... Rebobiné mucho más atrás, cuando lo del falso embarazo. «Si tuviera valor, me tiraría por un puente», me había dicho en aquella ocasión. Pero ¿por qué me venía a la memoria precisamente esa frase? El pánico me bloqueó el cerebro. ¿Qué puentes había en Madrid?... Mira que eres alarmista, Andrés. Esas son frases que se dicen en momentos de desesperación, pero Belén no se iba a tirar desde un puente por un enfrentamiento con sus padres.

¿Quién no tenía ese tipo de movidas? También me habló del anuncio en el que pedían chicas para modelos. ¿Estaría a estas horas camino de Marruecos o de Turquía a punto de ser prostituida?

–¿Te comentó que pensara fugarse de casa? –me preguntó Sara inquieta por mi falta de ideas.

–A lo mejor sé dónde puede estar –dije al encenderse una lucecita en mi cabeza.

–Te acompañamos –se ofreció Jorge.

–No sé si mis padres me dejarán salir a estas horas –dudó Sara.

–Tú quédate –le dijo Jorge–, vamos Andrés y yo.

Nos encaminamos hacia el estudio del fotógrafo, el autor del falso embarazo, aunque, la verdad, yo no tenía muchas esperanzas de encontrarla allí. Pero por algún sitio había que empezar a buscar. A lo mejor en un momento de desesperación... ¡Quién sabe! El corazón es un laberinto difícil de recorrer. Por el camino se me ocurrió que podíamos llamar al anuncio del que me había hablado en la fiesta, en el que solicitaban modelos. ¿En qué periódico era? Qué tonto, ¿cuál iba a ser?, el ABC, el único que leía su padre. Compramos el periódico, todavía estaba el anuncio... Me metí en una cabina y marqué el número. Esperé unas diez llamadas. Ya no había nadie. Era muy tarde. ¿En qué trabajo recogían llamadas a las nueve de la noche? Bueno, ya solo nos quedaba recurrir al fotógrafo. Quizá supiera algo.

Encontramos al fotógrafo en su estudio, pero no había vuelto a tener noticias de Belén. Recorrimos las estaciones de tren y de autobuses. Desde Atocha llamé a casa, no porque me hubiera acordado yo, que en estos casos pierdo siempre el sentido del tiempo, sino porque Jorge llamó a su madre. Cuando puse a mi padre en antecedentes, se ofreció a llevarnos en su coche, pero a mí ya no se me ocurría dónde buscar.

Cuando volvía a casa desalentado subiendo la calle Velázquez, me acordé del VIPS donde la había encontrado llorando aquel día. Eché a correr como si me persiguieran. La gente se me quedaba mirando. Llegué sin respiración. Tuve que pararme a coger aire porque me ahogaba. Entré y allí estaba, en la misma mesa en que la había encontrado la otra vez, con la mirada perdida en algún lugar muy lejano.

—Belén, ¿qué ha ocurrido? —dije sentándome enfrente y cogiéndole la mano.

—No sé adónde ir, Andrés, no quiero volver a casa.

Parecía muy cansada.

—¿Por qué? ¿Te pillaron tus padres el sábado?

—Sí. Cuando abrí la puerta, mi padre, que estaba esperándome sentado en su butaca, vino hacia mí como un energúmeno y me dio un bofetón. Me dejó la cara marcada y me humilló todo lo que quiso. El domingo me tuvo encerrada en mi cuarto y hoy me llevó al instituto en su coche. Pero, en cuanto se fue, salí y me escapé. No voy a volver, prefiero cualquier cosa a las humillaciones de mi padre.

—¿Y tu madre? ¿Dijo algo cuando te pegó?

—Se echó a llorar, pero mi padre la mandó a su cuarto.

—¿Por qué no me llamaste hoy?

—No me atreví, era ponerte en un compromiso. Además, ¿qué ibas a hacer tú?

En eso tenía razón. Me sentía tan impotente... Deseé ser Batman y tener un castillo donde esconderla.

—Escucha, no puedes quedarte en la calle y pasar la noche a la intemperie. Hace frío. ¿Por qué no me dejas acompañarte a casa y hablar con tu padre?

—No lo conoces, Andrés, es inútil.

—Por intentarlo no se pierde nada. Por favor, Belén, si no funciona, buscaremos otra solución, ¿vale? Seguro que tu padre se habrá arrepentido de haberle pegado. Sara me dijo que estaba muy preocupado.

–¿Sara? –se extrañó.

–Sí, la llamó tu padre para preguntarle si sabía dónde podías estar. Y Sara me llamó a mí. Estuve buscándote por ahí con Jorge, ya sabes, cárceles, hospitales, depósito de cadáveres... –bromeé.

–¡Tonto! –exclamó pegándome en el brazo–. ¿Qué haría yo sin ti?

–Nada, está claro. ¿Soy un pájaro? ¿Soy un avión? Noooo. Soy Superman.

Me puse a decir chorradas. Me ocurría siempre que estaba nervioso. La verdad es que me daba un respeto enorme enfrentarme al padre de Belén. Me lo imaginaba como un bulldog rabioso que se me echaría al cuello nada más verme aparecer.

–Oye, si no te importa, yo me quedo en la calle mientras tú hablas con mi padre y, según lo que te diga, vuelvo a casa o no –me dijo preocupada.

La abracé. Parecía tan asustada, tan indefensa, tan pequeña...

–No te preocupes, todo va a ir bien –la tranquilicé. ¡Si supiera cómo estaba yo por dentro!... ¿Y si su padre creyera que era yo quien la había inducido a la fuga y me arreaba otro bofetón?

–Yo te espero aquí –dijo sentándose en un banco de la calle–, es aquella casa de ladrillo rojo, ya sabes, el tercero A.

Joder, menudo marrón. Encima era tardísimo. ¿Estarían ya acostados? ¿Cómo empezaba?: «Hola, soy policía, tengo una denuncia contra usted por malos tratos». No, mejor: «Sé dónde está su hija, pero no la volverá a ver a menos que me escuche, forastero». Venga, Andrés, déjate de películas, que no está el horno para bollos. Como metas la gamba, a ver qué haces con Belén. Ostras, es aquí. Qué pronto se llega cuando uno no quiere llegar. Esto no es un ascensor, es un cohete atómico, un meteorito, una estrella fugaz... Ya estaba frente a la puerta. Me estaban dando estertores... Llamé al timbre. En el silencio de la noche, sonó como la sirena de incendios del parque de bomberos, debieron de oírlo hasta los del séptimo, tronco. A continuación unos pasos. Que sea su madre, que sea su madre, que sea su madre...

–¿Quién es? –dijo el padre sin abrir la puerta. Me estaría observando por la mirilla.

–Soy... un... compañero de Belén –dijo una voz, que debía de ser mía porque no había nadie más, pero que cualquiera hubiera identificado como el cacareo de un gallo.

El padre descorrió el cerrojo y, para cuando me quise dar cuenta, tenía su calva debajo de mi barbilla.

–¿Dónde está mi hija? ¿Sabes algo de ella? –me increpó nervioso.

–Sí, su hija está bien, no se preocupe.

Noté que me agarraba por los hombros. Me quedé paralizado, ese hombre estaba loco.

–¿Dónde diablos está Belén?, hijo de...

–Ramón, por Dios, ¿qué haces? Suelta al chico –dijo su mujer, que apareció por no sé dónde.

Con ella allí me sentía más tranquilo. El tal Ramón le hizo caso y me soltó.

–Oiga..., yo... he venido porque me lo ha pedido su hija, pero ya veo que con usted resulta muy difícil hablar –le dije tratando de mantener la calma–, así que mejor me voy.

Su mujer vino disparada hacia mí y me cogió de la mano.

–No, por favor, te lo suplico, no te vayas. No se lo tengas en cuenta, mi marido está muy nervioso. Llevamos toda la tarde en vilo. Siéntate, por favor, ¿quieres tomar algo?

–No gracias, no quiero nada. Sólo venía a decirles que Belén lo está pasando muy mal y no quiere volver a casa –dije observando su reacción.

El padre se desmoronó.

–Si es por lo del sábado, siento haberle pegado, pero hay ciertas cosas que, como padre, no puedo consentir. Su conducta fue impropia de una chica decente.

La frase me repateó en el estómago y no me pude contener.

–Su hija es una chica estupenda, pero si usted la maltrata...

–Oiga, joven –me cortó pasando del tú al usted–, cuando usted sea padre, hablaremos. En ningún caso voy a consentir que mi hija sea una delincuente –me advirtió amenazadoramente.

Estaba frente a una de esas personas obtusas y con un grado máximo de intolerancia. Belén me había descrito perfectamente a su padre. Era un diálogo de sordos.

–Está bien, le transmitiré su mensaje a Belén –dije levantándome.

Su mujer me lanzó una mirada implorante y otra a su marido, que ni siquiera se percató.

–¿Me estás amenazando? –gritó aquel energúmeno bigotudo poniéndose en pie. Volvía al tuteo–. ¿Sabes que puedo denunciarte por el secuestro de una menor?

–Adelante, hágalo. Su hija lo denunciará a usted por malos tratos.

Noté que le temblaba ligeramente el labio inferior. Su mujer se pegó a mí.

–Llévame donde está mi hija, por favor, yo me voy contigo –dijo con un hilo de voz.

–Tú no vas a ninguna parte –la amenazó el energúmeno cogiéndola por el brazo.

¿Pensaría pegarle? ¿Tendría yo que defenderla? ¿No sería mejor largarme y llamar a la policía? Tenía la sensación de estar dentro de una película o en medio de una pesadilla. Intenté volver a razonar.

–No creo que pueda impedirle tomar sus propias decisiones, es mayor de edad –le advertí impresionado por mi valentía.

–Y tú, mocoso, haz el favor de callarte –dijo encarándose conmigo.

–¿Viene? –le pregunté a la mujer.

Me miró pidiendo ayuda.

–Depende de usted –le dije–, es libre para hacer lo que quiera.

Aquella mujer encogida y temerosa dijo de pronto con una voz firme que me impresionó:

–Ramón, he sido tu esclava durante veinte años, cumpliendo tus órdenes y respetando todos tus deseos, pero no estoy dispuesta a perder a mi hija, así que me voy con ella.

–Mercedes, por lo que más quieras, te pido que recapacites –dijo él.

–También yo te pido que recapacites y le pidas perdón a Belén por haberla humillado como lo hiciste, de otro modo nos perderás a las dos –respondió ella con firmeza.

–¿Acaso no os he dado todo? ¿No he procurado que vivierais bien?

–A veces es preferible no tener nada.

–¿Qué quieres decir?

–Hasta ahora he escondido siempre la cabeza y he hecho caso omiso a lo que me dictaba el corazón, porque pensaba que lo más importante era que nuestra hija tuviera una buena educación, unos medios..., pero veo que estaba equivocada. ¿De qué le sirve todo eso si no tiene nuestro cariño?

El padre se derrumbó de nuevo. Esta vez se le veía realmente abatido. Un hombre al que se le caen encima todos los cascotes de su refugio atómico.

–Si tengo que pedirle perdón, estoy dispuesto a hacerlo –dijo en un susurro apenas audible–, pero no os vayáis, no me dejéis solo –suplicó.

Ese energúmeno de hacía tan solo unos segundos se había convertido de pronto en un niño aterrado y suplicante; un niño escondido tras aquella máscara de señor calvo y con bigote.

–Está bien –dijo la madre–, pero se acabaron las humillaciones y las amenazas. Belén necesita nuestro cariño y nuestro apoyo.

Por fin parecía que se terminaba aquella pesadilla. El padre de Belén le había visto las orejas al lobo y tenía miedo a quedarse solo. Me sentía agotado después de aquel combate, pero a la vez orgulloso por haber sido capaz de conservar la sangre fría. Hombre, es verdad que resultaba más fácil cuando no eran tuyos los padres y no era tu problema el que se discutía, aunque también es verdad que en algún momento me hubiera gustado largarme o tirarme al cuello del padre de Belén. Ahora entendía su historia con el fotógrafo, su inseguridad, sus miedos, sus ganas de parecer mayor...

–Voy a buscar a Belén –dije dirigiéndome a la puerta.

–Espera, te acompaño –dijo la madre preocupada.

–Yo también voy –dijo el padre.

–No, creo que es mejor que vayamos su madre y yo y le expliquemos la situación –dije razonablemente.

–Está bien, os espero aquí –dijo todavía amedrentado.

Yo no me fiaba de su piel de cordero. Estaba seguro de que pronto volvería a aparecer su doctor Hyde, su vocación de carcelero, su carácter de «ordeno y mando», pero al menos ahora su mujer era capaz de hacerle frente y en un momento dado largarse con su hija.

Belén seguía sentada en el banco donde la había dejado. Noté que se sorprendía al verme con su madre, pero se levantó y vino hacia nosotros. Su madre corrió hacia ella. Fue de esos encuentros para los que, en el cine, necesitarías una sábana en lugar de un pañuelo. Lloraban lágrimas contenidas durante quince años. Cuando se calmaron un poco, le expliqué a Belén la situación.

–¿Estás segura de que no va a volver a las mismas en cuanto me vea regresar? –dijo dirigiéndose angustiada a su madre.

–Sí hija, no te preocupes. A partir de ahora, todo irá bien, te lo prometo. Yo estoy a tu lado. Tu padre sabe que, si te humilla, yo le voy a hacer frente. Ya sé que tendría que haberlo hecho hace años, pero, qué quieres, no me atrevía, pensaba que era peor plantarle cara, que se crecería más...

Volvieron a abrazarse y a llorar, entonces recordé que no había vuelto a llamar a mis padres.

–Bueno, Belén, te dejo, es tardísimo y mis padres no saben que estoy aquí –dije sintiendo estropearles la emoción del momento.

–¿Y cómo vas a volver a casa, hijo? Será mejor que cojas un taxi, toma dinero –me dijo la madre alargándome un billete de diez euros.

Yo no quería aceptarlo, pero ella insistió. Dijo que era lo menos que podía hacer. Luego se puso a decir que si mis padres debían estar muy orgullosos de mí, que si era un chico muy maduro para mi edad, que si muy inteligente, que si su casa estaría siempre abierta... Son de esas cosas que te hacen enrojecer y levitar a la vez. Me sentí un héroe. Hubiera seguido toda la noche dándome las gracias de no ser por Belén, que le advirtió de nuevo que mis padres estarían preocupados. Paré un taxi que pasaba por allí.

–Gracias, Superman –me susurró Belén antes de cerrar la puerta del taxi.

16

Lo malo de los momentos de gloria es que luego viene la horrible y cruda realidad y eso es difícil de soportar incluso para un héroe. El desfile diario de la Rambo, el Salivazos, el Sátrapa, el Bombilla y el Puella junto con el brutal esfuerzo de recuperar cuatro asignaturas (ojo, que, cuando apilas un libro encima de otro, cuatro son una pequeña torre) se me hacía muy cuesta arriba. Yo creo que los héroes están hechos para librar grandes batallas, no para el día a día, tronco. Intenté poner en práctica el método de estudio-cómic patentado por mi queridísima hermanita, pero no me dio resultado para las dos asignaturas que con más empeño rechazaba mi oxidado cerebro, las Matracas y la Física y Química. Tampoco había tenido noticias de Sergio. Supongo que ese tipo de asuntos llevaría su tiempo, pero mi natural impetuoso, con tendencia al «aquí te pillo, aquí te mato» se empezaba a impacientar. Si a ello añadimos esa otra tendencia mía, personal e intransferible (porque si fuera transferible me hubiera librado de ella hace siglos), de comerme el coco, resulta fácil imaginarse a qué me refiero con lo de cruda realidad.

Sí, estaba todo el santo día comiéndome el coco, pensando que a los de Trex no les había gustado Retoñito y las editoriales pasaban de publicar unos cómics hechos por un adolescente. ¡Pobre coco!, imagínatelo, harto del individuo que le había tocado en suerte, un tío que se empeñaba en buscarle siempre tres pies al gato. Y no acaba ahí lo de la comedura, porque lo de Dani era otra. No nos hablábamos desde la fiesta de Sara. Yo había intentado varias veces un acercamiento, pero me rehuía. Siempre que me aproximaba a él con la intención de hacer las paces, salía corriendo en dirección contraria. Así que lo único que alegraba mi agobiada y aburrida vida era el trabajo de Historia, ¡quién iba a decirlo! Y quién iba a decir que Jorge y yo íbamos a hacernos inseparables, no por interés sino por amistad, una amistad cada vez más sólida. Sus comentarios sobre mis cómics eran verdaderas inyecciones de autoestima, le encantaban las peregrinas ideas que se me ocurrían a costa de los Omeyas. Menudo folletón tenía montado con el Abd al-Rahman I: las quejas y demandas de su harén y las pretensiones de sus hijos por sucederle fueron su perdición. Los muladíes, a los que había utilizado contra la subversión árabe y beréber, se hicieron fuertes y acabaron por protagonizar su propia lucha. Pobre Abd al-Rahman, ahí estaba entre la espada –las mujeres del harén rodillo en mano y sus hijos con las navajas de afeitar– y la pared –la gran muralla humana de muladíes–. A estas alturas consideraba a Abd al-Rahman I como alguien de mi familia y, ¿quién sabe?, a lo mejor era algún antepasado. Le eché un último vistazo, lo metí en la carpeta y me fui a casa de Jorge a ver si me levantaba un poco el ánimo.

Tan metidos tenía a los Omeya, que, al pasar por la Fuente de los Delfines, volví a pensar en ellos. Ahora sé que las fuentes son una herencia árabe; bueno, no está mal la herencia que nos han dejado, sobre todo en ciudades como Madrid, sin mar. Además, a mí la Fuente de los Delfines me trae muchos recuerdos, es una referencia permanente en mi vida. En ella celebramos el fin de curso. ¡La que montamos, tronco! A veces se nos va un poco de las manos. Me acuerdo del cabreo que se agarró el año pasado uno de los conductores de autobús cuando le estrellamos un huevo en el cristal de su ventana, casi nos pega. Y la verdad, es que tenía razón, pobre hombre, hay que ver el susto que se llevó, qué animales. Son de esas veces en las que te sientes amparado por el grupo y te conviertes en un miembro más de las hordas salvajes. Pecados de juventud, que diría mi abuela. Pero lo que no puedo evitar cuando paso por delante de la fuente es el recuerdo de Sara. ¡La de historias que inventábamos juntos sentados aquí! Los delfines cobraban vida y la fuente era un océano... Me pregunto si les sucedería lo mismo a los Omeyas con las fuentes de los jardines del Generalife en la Alhambra de Granada. No sé por qué me imagino que allí era donde Abd al-Rahman encontraba la paz para tomar sus decisiones más trascendentales. El murmullo del agua convirtiendo los rumores en ondas silenciosas. No como aquí, donde los rugidos de los coches y las bocinas enmudecen el agua. Qué agresividad. Hombre, otra cosa es conducir una moto como esa que acaba de pasar, una auténtica pura sangre árabe. Cuando gane pasta, me compraré una, entonces seré yo quien rompa los tímpanos a los demás. Y de verdad que no es por falta de solidaridad, sino porque tengo raíces árabes, ¡qué le voy a hacer! Bueno, ya estoy aquí, a ver qué opina Jorge de las fuentes, los caballos y el harén de Abd al-Rahman. Espero que le guste lo que he hecho. No sé, a lo mejor me he pasado un poco...

Jorge me arrebató la carpeta.

–¿A ver qué has hecho?

—No sé si te gustarán...

—¿Gustarme, dices? Son geniales, dignos de pasar a los anales —dijo con su habitual entusiasmo o quizá con un poco más del normal.

—¿Tú crees? Todavía no estoy seguro de cómo reaccionará el Sátrapa cuando los vea.

—¿No lo sabes? Te lo digo yo: «Andrés Díez, sin usted no habría existido el Califato de Córdoba» —dijo imitando al Sátrapa.

Me entró un ataque de risa, lo imitaba genial. Nunca se me hubiera ocurrido pensar en Jorge en ese papel.

—Bueno, a ver si al menos apruebo la Historia —dije cuando se me pasó el ataque.

—¿Cómo que al menos? —exclamó Jorge aparentando indignación—. Chaval, vas a aprobar las cuatro que te han quedado.

—Los milagros no existen.

—No necesitas milagros. Cuando uno estudia, aprueba.

—Ya, pero no sé qué me pasa que no consigo concentrarme, sobre todo con las Mates y la Física y Química, me producen alergia.

—Si quieres, puedo ayudarte.

—Menudo marrón para ti, que ya las has aprobado.

—Para eso están los amigos, ¿no? Además tengo una deuda contigo.

—¿Conmigo? ¿Por qué?

—Le has plantado cara a Dani por defenderme. Y gracias a ti, ya no se meten conmigo en clase.

—La verdad es que no sé cómo sobreviviste, nos portamos fatal contigo.

—No te preocupes, estoy acostumbrado a ser un superviviente desde que era pequeño... —de pronto se puso muy serio y cogió aire, como para soltar de carrerilla algo que se le agarraba en la garganta—. ¿Te acuerdas que te dije que no tenía padre? Te mentí. Él nos abandonó a mi madre y a mí cuando yo tenía ocho años. Estuvimos mucho tiempo sin saber nada de él, a mí me parecieron siglos. Imagínate, cada día volvía a casa con la esperanza de encontrarlo de nuevo. Hasta que empecé a pensar que no me quería y que por eso se había marchado. Quería pedirle perdón por lo que hubiera podido hacer mal... Luego, de la culpa pasé al rencor. Lo odiaba por lo que nos había hecho y empecé a pensar que no existía, que nunca había tenido un padre. Un día supimos que vivía en La Habana con una cubana, había formado otra familia. A veces me he planteado ir a verle para hacerle las preguntas que durante años me han comido por dentro, pero no me atrevo, no sé..., pienso que lo mataría.

Me quedé lívido. Y yo que creía que tener un padre en el paro era algo tremendo. Y yo que me creía poco menos que un héroe por la hazaña con el padre de Belén... Joder, todo eso no era nada comparado con lo de Jorge. La de cosas que entiendes cuando conoces más a fondo la vida de las personas. Entonces te das cuenta de la cantidad de veces que juzgas a la gente a la ligera. No me extraña que Jorge se hubiera fabricado una máscara para esconder sus problemas. Y encima, el tío saca buenas notas... Ahora entiendo por qué está Sara con él. Para ser un héroe no hace falta ganar batallas, como Abd al-Rahman. Supongo que Sara sabrá todo esto... Quería decir algo que no sonara a gilipollez integral, pero, como siempre en estos casos, mi mente era un gran muro blanco.

–Yo, en tu caso, no sé qué habría hecho, pero seguro que lo habría llevado bastante peor que tú –acerté a decir.

–Bueno, ahora conoces mi vida casi tan bien como la de Abd al-Rahman –dijo riéndose para quitar dramatismo a la situación–, así que al tajo, que aún nos queda mucho curro.

Se acabaron las excusas. Se acabaron las grandes batallas. Se acabó comerme el coco para nada... Hoy, 7 de marzo, Andrés Díez tomará la pócima mágica que le convertirá en un auténtico héroe, he dicho.

A las nueve de la noche habíamos acabado el trabajo, treinta folios, una auténtica tesis doctoral, tronco. Verlo me producía una mezcla de orgullo y de incredulidad (¿realmente lo había hecho yo?). La madre de Jorge estaba impresionada.

–Sois un paggg de genios –nos dijo con su fuerte acento alemán. (A pesar de tantos años en España no lo había perdido.)

–El genio es él –dije señalando a Jorge–. Yo sólo soy el dibujante.

–Migga, Andrgés, no te quites méggitos. En estos cómics hay un trgabajo de investigassión fenomenal. Son veggdadergamente fabulosos.

–Gracias –respondí abrumado.

–¿Pog qué no te quedas a cenagg con nosotrgos? He prgepargado *Sauerkraut* y tagta *Sacher*.

–No sé... Tendría que llamar a casa...

–Pues, haslo, ahí tienes el teléfono –insistió.

Mi madre me dijo que no volviera muy tarde y me recordó esa retahíla de buenos modales que las madres llevan siempre prendidas en los labios como una flor y que te sueltan a la primera de cambio: Sé-educado-no-comas-como-un-cerdo-da-las-gracias...

–Sí, mamá, no te preocupes a las once o así estaré en casa –la corté suavemente, avergonzado de que pudieran oírla o adivinar lo que me estaba diciendo.

La madre de Jorge nos contó (aunque supongo que a Jorge no era la primera vez que se lo contaba) cómo había venido a estudiar a España en una época en que el choque cultural entre nuestro país y Alemania era enorme.

–No os podéis imagginag la de patas que metí. Gggracias a que tuve muy buenos amigos que me advegtían lo que podía y no podía haceg una chica. Peggo me divegtí una bagbagidad. Rggecueggdo la vez que fui a la Fergia de Sevilla en mi coche, yo sola. Me metía en todas las casetas como Peggico pog mi casa, poggque crgeía que egga como el *Oktoberfest*, donde todo el mundo puede entrgag a bebergse una cergveza. Y rggesultó que no, que allí muchas tiendas eggan prgivadas. Así que fue como si hubiega estado todo el día metiéndome en casas ajenas. Ja, ja, ja.

Era simpatiquísima, nos reímos un montón, y era de lo más liberal. Sus alumnos lo debían de pasar fenómeno con ella. Creí que me reventaría la tripa cuando contó muy seria cómo vieron a su abuelo reencarnado en un perro, lo contaba totalmente convencida. Noté que Jorge estaba preocupado por lo que yo pudiera pensar de ella. Él era todo lo contrario que su madre, siempre tan contenido. Aunque se parecían mucho físicamente, en el carácter no tenían nada que ver el uno con la otra. Creo que Jorge se relajó un poco al ver que yo me reía a carcajadas y estaba realmente a gusto.

–Qué poco has comido, toma otrgo poco de *Sauerkraut* –me ofreció.

–No gracias, está muy bueno –mentí acordándome de la retahíla de consejos maternos–, pero ya no quiero más.

–Pues entonces, otrga salchicha, son alemanas –dijo sirviéndomela en el plato.

En seguida se dio cuenta de que era el *chucrut* aquel, o como se llamara eso, lo que no me gustaba. Sabía horrible, entre ácido y amargo, como a col fermentada. En cambio la tarta estaba riquísima y le hice todos los honores que se merecía.

–La tarta está cojo...

Me quedé con la otra mitad de la palabra en la boca.

–Trganquilo, estoy acostumbrgada a la palabrgita, en el colegio la oigo muy a menudo. Cojjonuda, ¿no? –dijo riéndose para quitarle hierro al asunto.

¡Uf!, menos mal que es muy enrollada. Si se llega a enterar mi madre... Dice que estamos tan acostumbrados a hablar entre nosotros de una determinada forma, que luego soltamos un taco con cualquiera.

–Toma otrgo pedaso –dijo sirviéndomelo–. Es una rggeceta que ha ido pasando en mi familia a lo larggo de geneggaciones. Existe una trgadisión familiag pog la que, al cumplig los quinse años, te inisian en los secrgetos de la targta y, a pargtig de ahí, te hases ya mayogg.

–Entonces Jorge habrá aprendido ya a hacerla –comenté.

–Bueno, digamos que está en ello –dijo su madre riéndose–. A Jorgge no se le da muy bien la cocina.

–Pues será lo único que no se le da bien, porque todo lo demás...

–Sí, la veggdad es que es un chico muy majo, nunca me ha dado prgoblemas –dijo con orgullo de madre.

Jorge le lanzó una mirada de alto-ahí-no-sigas-por-ese-camino y yo aproveché para despedirme.

–Bueno, tengo que irme, que mañana hay que madrugar y yo eso lo llevo fatal. Nunca consigo despertarme hasta la segunda hora de clase, excepto cuando tenemos a la Rambo a primera hora, te pone las pilas para todo el día.

–Sí, ya me ha contado Jorgge –dijo con su risa franca y abierta–. Bueno, espeggo que vengas otrgo día, Andrgés, ha sido un placegg teneggte con nosotrgos. Saluda a tus padrges de mi pargte.

Me plantó dos besos en la cara y yo le prometí volver. La verdad es que lo había pasado estupendamente. Cuando llegué a casa, mi madre todavía estaba despierta e intentó someterme a un tercer grado: qué había cenado, cómo era la madre de Jorge, de qué habíamos hablado... Pero yo no tenía ganas de hablar, así que, con la disculpa del madrugón, lo dejamos para el día siguiente.

17

Que me pregunte. Que me pregunte. Que me pregunte...

–Daniel Rincón, ¿cómo ha traducido la primera frase?

Qué rabia, macho. Para una vez que las tengo bien traducidas. Seguro que Dani no las ha hecho...

–*Quid egeris, ubi fueris scio*. Qué egregio estuviste allí, socio –dijo con gran solemnidad.

La clase estalló en una sonora carcajada. Yo fui el único que no se rió. No sé por qué en ese momento sentí lástima por él. Se había convertido en el bufón de la clase y continuamente se sentía obligado a sorprender al personal con nuevas bufonadas. ¿O era yo el que había cambiado y ahora lo percibía de otra manera?

–¿Pretende ser un chiste o eso es todo lo lejos que puede llegar en Cultura Clásica? –le regañó el Puella con retintín.

–Bueno esa es la traducción literal...

–Siéntese –le interrumpió el Puella furioso al ver que las carcajadas se redoblaban–. A ver usted, Díez –dijo señalándome.

–*Quid egeris*...

–No es necesario que la lea de nuevo, traduzca –me ordenó impaciente.

–Sé qué has hecho y en dónde has estado –dije de corrido.

El Puella me dedicó un elogio y una mirada de aprobación, pero me sentí fatal, como si hubiera traicionado a Dani. Habíamos dejado de ser compinches en nuestra suerte de malos estudiantes. Y además lo había puesto en evidencia, ¡qué mal me sentí! Debería haber dicho que no las había traducido, tronco. Miré a Dani, pero me ignoró como hacía últimamente. Pensé en pedirle disculpas al finalizar la clase. ¿Qué podía decirle? «Lo siento, pero tengo que recuperar cuatro asignaturas, estamos ya en marzo.» ¿O debería admitir mi cambio de personalidad?: «Te presento al nuevo Andrés, Andrestonix Empollonix». Estaba seguro de la inutilidad de soltarle un sermón en plan padre-madre: «Como sigas así, vas a tener que repetir curso...». Se carcajearía en mis narices. ¿Cómo era posible que me sintiera a años luz de él cuando aún hacía poco éramos inseparables? ¿En qué se basaba nuestra amistad? Yo siempre lo había considerado más fuerte, más atrevido, más inteligente... Quizá él era el original y yo la copia. Y sin embargo, ahora lo veía de otra manera: débil, como si todo el tinglado de payasadas, envalentonamientos y fantasmadas fuera una ligera andanada para no enfrentarse a la vida que caería en cuanto quitaras una sola pieza. Me parecía que andaba huyendo de sí mismo. Pero ¿qué podía hacer para que le llegara el mensaje y cambiara su actitud? Sabía que las palabras no eran suficientes y menos estando como estaba conmigo. Seguro que me veía como yo veía antes a Jorge: un pelota redomado; pero en mi caso con el agravante de traidor. Intentaba ponerme de nuevo en la posición de Dani, o sea, donde estaba yo antes. Pero, al cambiar, dejas de estar en donde estabas, yo ya no era el enrollado-con-ganas-de-marcha-y-vamos-a-tomar-nos-un-calimocho. Ahora me había encerrado a estudiar de verdad, porque estaba dispuesto a recuperar las cuatro que tenía como fuera, a muerte; así que cualquier acercamiento hacia su mundo resultaba casi imposible. ¿Cómo reaccionaba yo antes cuando mis padres intentaban razonar conmigo? Fatal. Me sentía agredido, incomprendido, machacado... Pues imagínate Dani si yo me pusiera a darle la paliza. Bueno, lo primero era lograr una aproximación y, una vez cerca, quizá contarle mi propio caso. Mira, Dani, ahora sé lo que quiero y voy a conseguirlo como sea. Dentro de poco, tendré agujeros en los codos. Y cuesta, tronco, no veas lo que cuesta ponerte a estudiar cuando no estás acostumbrado, que no salgo ni los fines de semana, pero por fin siento que soy capaz de lograr algo por mí mismo y no quiero rendirme. También tengo que reconocer que les debo mucho a Jorge y a Belén, me están ayudando un montón, sobre todo con las Mates y la Física. Yo solo no hubiera podido. Y tampoco era cuestión de darle la paliza a mi viejo, bastante tiene con que lo rechace una empresa tras otra con la disculpa de que es mayor para el puesto. Tengo la impresión de que ha perdido un poco la esperanza, confío en que no se venga abajo. Pues ya ves, Dani, aquí estoy, haciendo números en el alambre, porque ya está bien de hacer el mono, y tú deberías hacer lo mismo, chaval, podías tomarte la vida un poco más en serio... Bueno, allá voy... Joder, ya ha vuelto a escabullirse, no hay manera de pescarlo. En cuanto se termina la clase, sale corriendo.

–¿Sigue sin hablarte? –me preguntó Belén dándose cuenta de que me había dejado plantado.

–Sí, no sé qué hacer.

–Escríbele –me aconsejó.

–¿Escribirle? Tú no conoces a Dani, lo único que lee es el Mortadelo y Filemón.

–Pues entonces dibújale un cómic.

–¿Sabes que no es mala idea? –dije meditando seriamente la posibilidad.

–Voy a tener que cobrar por ella –comentó riéndose.

–¡Qué sanguijuela, igual que mi hermana! Hay que ver cómo sois las tías, siempre sacando partido de las situaciones, lo que tenemos que aguantar los hombres.

–¡Pobrecitos, qué pena! –se burló–. Cuántos años sometidos a nuestra vil opresión, cobrando sueldos inferiores a los nuestros, relegados a puestos por debajo de vuestras capacidades, expuestos al despido cuando os quedáis embarazados, sometidos a la autoridad de la mujer en casa, condenados por ser violados...

–Me vas a hacer llorar –la interrumpí riéndome–. Ya veo que te van bien las cosas –la vacilé.

–Hombre, me irían mejor si la persona que tengo enfrente me hiciera caso, pero, en fin, ya veo que estás muy ocupado con tus múltiples ligues –dijo devolviéndome el vacile–. Por cierto, ¿qué tal con Valeria Mazza?

–¡Uf!, me telefonea todos los días para decirme que no puede vivir sin mí, que está deseando verme, abrazarme y... bueno..., ejem..., otras cosas que no voy a contar.

–Qué agobio, ¿no?

–Pchist, un poco. Sobre todo, porque a Naomi Campbell le ha entrado la misma perra, que a ver cuándo nos vemos, que está a punto de suicidarse...

–Tonto –dijo pegándome una colleja–, hablo en serio. A ver cuándo quedamos para salir. Podíamos ir este sábado a una discoteca.

–Bueno, tú eres la profe. Si la profe me da permiso...

–La profe te da permiso, pero la profe no sabe si su alumno quiere ir o no.

–Claro que sí, tonta, ¿cómo no voy a querer?

La verdad es que yo no estaba seguro de querer ir, pero tampoco me atrevía a decírselo. Es curioso que hubiera pasado de ser objeto de mis sueños eróticos a quererla casi como a una hermana. Y eso que la tía estaba para mojar pan con chocolate, pero, desde que entré en su vida, era como si se hubiera roto la magia de lo desconocido, esa especie de aura que la envolvía en misterio y la hacía inaccesible. Además yo seguía colgado con Sara. ¿Por qué serían tan complicados los laberintos del corazón? Hombre, me halagaba su interés por mí, pero yo no era su tipo. Belén siempre había salido con tíos mayores que ella, y un poco –sin llegar a esos extremos– tipo Schwarzenegger; o sea, nada que ver con el tipo anguila al que yo pertenezco (aunque, no es por tirarme el moco, pero las pesas diarias están empezando a notarse. Mira qué músculo, tronco.) Lo que pasa es que a mí me ha convertido en su héroe; pero no soy más que un espejismo. En cuanto se le caiga la venda de los ojos... Claro que también podría mantener el espejismo una temporadita, porque uno no es de piedra y, como diría mi abuela, a nadie le amarga un dulce, pero, en fin, uno tiene sus principios y lo que no puede ser, no puede ser. ¿Cómo le voy a decir que estoy colado por ella cuando no es verdad? Bueno, pues aquí estoy, como siempre: de comedura de coco en comedura de coco y tiro porque estoy loco.

A la salida del instituto, me tropecé con José, que estaba arrancando la moto.

–¡Vaya máquina, cómo mola! ¿Me llevas a dar una vuelta?

–Claro, monta, si quieres, te llevo a tu casa.

¡Qué flipe!, parecía un caballo desbocado, el caballo de Abd al-Rahman.

–¡Eh!, tío, que te saltas todos los semáforos en rojo –le grité por si no se había dado cuenta.

–¿Qué pasa? ¿Tienes miedo? Eso es lo que le da emoción al asunto. Mira esto.

Joder, cogimos la curva con la moto casi en horizontal, a punto de rozar el hombro con el suelo. Este tío está zumbado. Recé para llegar a casa entero y sin atropellar a nadie. No miento si digo que me hubiera alegrado que nos hubiera parado un guardia. Lo que fuera, con tal de bajarme.

–¿Qué, ta gustao el paseíto? –me preguntó.

Yo no pude responderle, porque todavía estaba tomando tierra. No te exagero si te digo que me sentía un extraterrestre al que acaban de arrojar de su nave a mil kilómetros por hora.

–¿Pero qué pasa, chaval? Estás pálido, ¿no t'habrás mareao?

–No, estoy bien, gracias por el viaje –disimulé–. Hasta mañana.

Todavía tambaleante, iba a entrar en el ascensor, cuando oí la voz de mi hermanita.

–Andrés, espera, subimos contigo.

¿Subimos? Me di la vuelta y ahí estaba ella con su amiga Andrea. Adiós tranquilidad.

–Mira, he invitado a Andrea a comer –me informó como si no me bastaran los ojos para verla.

–Sí, ya veo, de momento no me he quedado ciego –respondí vacilón.

Pero ella no entró al trapo. Supongo que porque estaba su amiga o porque tenía alguna intención oculta.

–Tenemos que hacer un trabajo de inglés –me explicó al entrar en casa.

–¡Ah, qué bien! –comenté con muy poco entusiasmo yendo hacia mi habitación a dejar los libros.

–Podías ayudarnos a hacer un cómic como los que hiciste para Historia –dijo entrando detrás de mí.

—Venga, niña, como yo no tengo nada que hacer...

—Le he enseñado a Andrea los que hiciste para el trabajo de Historia y se ha quedado alucinada, ¿a que sí? —dijo dándole un codazo.

Andrea enrojeció hasta la raíz del pelo. Esas eran las tácticas psicológicas que utilizaba mi hermana cuando quería conseguir algo de mí.

—Son fabulosos —dijo la pobre Andrea sintiéndose obligada a hacer algún comentario—, dibujas genial.

—Me alegro de que te gusten —dije por ser un poco amable con ella— y ahora, con vuestro permiso, voy a comer.

—Nosotras también —dijo mi hermanita dispuesta a pegarse como una lapa. La conocía y sabía que no iba a dejarme en paz.

Entré en la cocina pensando que mi padre habría preparado algo de comer, como venía haciendo desde que estaba en el paro, pero estaba más vacía que la despensa de Carpanta.

—¿Qué pasa, no está papá? —le pregunté a Paula.

—Eso parece —me confirmó con la sagacidad de Watson—. Si quieres, hago yo unos huevos revueltos —añadió cual felpudo a mis pies.

Sabía que quería ablandarme para que las ayudara con el cómic, pero, aún así, me interesó su propuesta. Ya trataría de escabullirme luego.

—Vale, los míos con beicon y salchichas —dije sacando el máximo partido de la situación.

—¡*Yes, sir*! —gritó pensando que esa era la firma de un pacto tácito.

Andrea no dejaba de mirarme con el pavo subido. Y encima, Paula trataba de echármela encima con muy poco disimulo.

—Vosotros podéis charlar mientras los hago —sugirió poniendo especial énfasis en el vosotros.

Empezaba a hartarme el jueguecito de mi hermana.

–Voy un momento al baño, avisadme cuando la comida esté lista –dije poniendo pies en polvorosa.

–Hay que ver qué poco caballero –protestó mi hermanita.

La paz duró poco, porque Paula fue más rápida en hacer los huevos que Lucky Luke sacando el revólver, pero mi estómago vacío lo agradeció.

–¡Mmm, qué buenos están!, Paulita, lo tuyo es la cocina –dije vacilándola.

–Y lo tuyo el zoo –me respondió rabiosa.

–Encima de que te dedico un piropo.

–Y una porra. Como si no te conociera. No entiendo cómo le puedes caer bien a Andrea.

Esto último lo dijo suavizando la voz. La pobre Andrea enrojeció como un pimiento morrón. Si no hubiese sido por ella, le hubiera dado su merecido. ¿De dónde sacaría esta niña esas tácticas de Celestina?

–Pues mira por dónde, hay cola. Este fin de semana tengo a Valeria y a Naomi y al siguiente a Cindy y a Claudia.

–Pero entremedias podías llevarnos un día al cine –insistió. Estaba dispuesta a no bajar la guardia ni un instante.

Cuando se ponía en ese plan, lo mejor era huir. Me metí todo lo que me quedaba en la boca y anuncié mi retirada.

–De eso nada –protestó–. Antes nos ayudas con lo del cómic, hicimos un trato.

–¿De qué trato me hablas?

–Yo te hice los huevos revueltos y tú nos ayudas a hacer el cómic. Es lo justo, ¿no?

Lo sabía. Esta niña, con sus tácticas napoleónicas, tiene futuro en la política. Cuando se le mete algo en la cabeza no para hasta conseguirlo. Seguro que me daría el latazo toda la tarde.

–Está bien –cedí resignado–. ¿Qué personaje quieres. el rey Arturo, Ricardo Corazón de León...?

–¡Menudas antiguallas! –exclamó–. Preferimos al príncipe Guillermo, que está buenísimo.

–Anda, niña, no me fastidies. Si quieres, te lo hago del príncipe Carlos, a él sí se le puede sacar partido, con esos orejones...

–Bueno, vale, pero que salgan también Harry y la reina y... –¡Y la corte celestial!

Me volvieron loco. Que si no lo hagas tan bien que se va a notar que no lo hemos hecho nosotras, que si mete también a la princesa Ana, que mejor no la metas, que si la reina tiene cara de caballo, que si esto, que si lo otro... Prefiero ayunar que volver a caer en las redes de mi hermanita. Nunca más, por los siglos de los siglos, he dicho.

18

¡Póquer de ases! Aprobé las cuatro. Me dan ganas de
decirlo a voces. Contárselo a ese que viene por ahí con aire
de despistado. Oiga, Andrés Díez ha superado al Sastreci-
llo Valiente en su hazaña; qué digo, al Capitán Trueno, al
Guerrero del Antifaz, al Cid Campeador... No vas a compa-
rar recuperar cuatro asignaturas con matar siete moscas
de un golpe, dar unos cuantos puñetazos o ganar unas batallitas contra los moros, ¿no? Y usted, sí, sí, el de la car-
tera, ¿aún no se ha enterado de la noticia del día? Andrés
Díez ha aprobado cuatro de golpe. Sí, cuatro, ha oído usted
bien. Ya sé que es una hazaña, me lo va decir a mí, que lo
he hecho. Y tú, chaval, ¿has oído?, no vayas a pensar que
es lo mismo que en Primaria, ¿eh?, ni hablar, cuarto de la
ESO es el curso más difícil. Anda, que no se hartan de de-
círnoslo los profesores, ya verás ya, cuando te llegue. CUA-
TRO. Mi número de la suerte desde ahora. Espera a que
se enteren mis padres. Bueno, con contárselo a mi hermana, se enteran todos los vecinos del barrio, ¡qué digo!,
toda la Comunidad de Madrid y si te descuidas, con lo
que chilla, las de Castilla-La Mancha y Castilla y León. Estoy

deseando decírselo a mi padre, a ver si la noticia consigue levantarle el ánimo, que está hundido, tronco. Hace cinco días que no se afeita, ni sale de casa, se pasa el día sentado delante del televisor. Vamos, que ese no es mi viejo ni en pintura. Ya no sabemos qué hacer para animarlo. Mi madre a veces le regaña. «Menudo ejemplo que les estás dando a los niños.» (Para mi madre seremos niños aunque tengamos cuarenta años, qué le vamos a hacer, mientras no me llame Andresito...). Ostras, se van a oír los cohetes en Alicante.

Y no veas cómo se han alegrado Jorge y Belén, qué majos, estaban tan contentos como yo. Esta tarde los voy a invitar a jugar a los bolos y a tomarnos unas hamburguesas. Qué menos, con lo que me han ayudado. Y Belén, qué fiera, ha recuperado Física y Química con un nueve; en vez de coco, tiene una olla exprés. No sé qué dirá su padre, pero ya puede estar contento, aunque me parece a mí que ese, para estar contento, tendría que volver a nacer. Es de los que nunca te dicen lo bueno, solo lo malo. Pero se le ha acabado el virreinato. Belén me ha dicho que su madre ahora se planta y no pasa por sus exigencias machistas. Antes no la dejaba ni ir al cine con unas amigas, tenía que estar todo el día en casa, pendiente de que él llegara. En cambio, ahora habla incluso de volver a trabajar; vaya cambiazo, lo tiene acogotado. Le habrá dicho que la corneta la toque en el cuartel. Bueno, ya he llegado. Y ahora, atención, la entrada triunfal, Andrés Díez está a punto de penetrar las murallas de su fortaleza. Si hubiera ganado una batalla, saldrían a recibirme con trompetas y banderas, pero qué más batalla ganada que haber aprobado cuatro de golpe. CUATRO. Suena bien, ¿no? Macho, me sale la alegría por todos los poros.

—¿Papá? ¿Mamá? ¿Qué pasa, no hay nadie en casa?

—¿Por qué chillas? ¿Hay un incendio? ¿Una guerra? ¿Un terremoto? —protestó mi hermano saliendo de su madriguera. (Es un hurón, se pasa el día encerrado. Sólo asoma el hocico al olorcillo de la comida o cuando algo le molesta).

–¿Y papá? –le pregunté.

–Me dijo que se iba a dar una vuelta.

–¿Una vuelta? ¿A estas horas? Pero si lleva cinco días sin salir de casa.

–Pues por eso, se habrá hartado ya de estar todo el día encerrado.

–¿Y qué cara tenía?

–¿Qué cara iba a tener? La suya, la de todos los viernes a la misma hora, la de Carlos Díez, ¿qué mosca te ha picado?

–Tú es que vas a tu bola y a los demás que los zurzan. ¿No te das cuenta de que papá está fatal?

–¿Y qué quieres que haga, que lo interne en un psiquiátrico? Papá ya es mayorcito para saber lo que hace. Tranquilo, que volverá.

La que vino fue mamá y se sorprendió bastante de que papá se hubiera marchado. Por el tipo de preguntas que le hacía a mi hermano me di cuenta de que también ella estaba preocupada.

–¿No te dijo adónde iba?

–No me lo dijo. ¿Qué pasa, que tiene que dar un parte detallado cada vez que hace un movimiento? –respondió mi hermano malhumorado por nuestra insistencia.

–¿A qué hora se marchó? –volvió a preguntar mi madre.

–No sé... serían las dos y media, poco antes de que Andrés llegara.

–¿Y no comentó nada?

–Solo dijo que iba a dar una vuelta. Nada más. Pero ¿qué os pasa? ¿A qué viene este interrogatorio?

–Hijo, hay que ver cómo te pones, sólo te he hecho una pregunta.

–¿Una? Primero, Andrés, y luego, tú. Además, si te digo que iba a dar una vuelta, es que solo dijo que iba a dar una vuelta. No sé por qué os choca tanto.

–Andrés, ¿has comido? –me preguntó nuestra madre para cambiar de tema disimuladamente, como hacía siempre. Mi hermano aprovechó para escabullirse de nuevo hacia su madriguera.

–Todavía no, te estaba esperando para comer juntos. Es que... tengo que darte una buena noticia.

Si no la soltaba, reventaba. Pero, nada más decirlo, pensé en si era el momento adecuado. De pronto, la noticia que yo creía digna de salir en primera plana, me parecía una bobada. Mi madre estaba preocupada por mi padre. Se le notaba ausente.

–¿Una buena noticia? –preguntó extrañada, como si eso fuera algo completamente inusual.

–He aprobado las cuatro, mamá, las he recuperado todas –dije expectante.

Tenía miedo de recibir una bofetada de indiferencia. Pero a mi madre se le iluminó la cara.

–¡Enhorabuena, hijo, lo has conseguido! –dijo abrazándome–. ¿Ves como trabajando se logran las cosas? Esta noche lo celebramos, te haré la tarta de queso que tanto te gusta.

–Es que he invitado a Jorge y a Belén a la bolera y a tomar una hamburguesa. Ya sabes que me han estado ayudando...

–Me parece estupendo, no te preocupes, lo celebraremos mañana. Por cierto, ¿tienes dinero para invitarlos?

–Soy el Banco de España. Tengo un mes ahorrado de pagas, como no he salido...

–De todos modos, toma doce euros, es un regalito mío.

–Que no, mamá, deja, ¿no ves que me llega?

Con el viejo en el paro no era cuestión de sangrarlos.

—Andrés, insisto. Ya sé que estás preocupado, pero todavía no estamos en la indigencia. Al fin y al cabo, tu padre está cobrando el paro y le han dado una buena indemnización.

Me había vuelto a pillar, tronco. Ya he dicho que mi madre es capaz de leer el pensamiento. No sé si será una habilidad de todas las madres o la tiene la mía en exclusiva. La verdad es que siempre te produce cierto desasosiego ser espiado por dentro. Intenté disimular.

—Si no es por eso. Ya sé que no hay problema. Además, cualquier día de estos a papá le sale otro trabajo, es cuestión de paciencia.

—Sí, supongo —dijo con cara de eso-es-el-último-milagro-que-podría-ocurrir-en-el-mundo.

Como me di cuenta de que eso la ponía triste, cambié de tema.

—Oye, ¿y dónde está Paula? Quería darle la noticia. Ella también me ayudó a estudiar.

—¿Paula te ayudó a estudiar? —se extrañó mi madre.

—Digamos que ideó un método para que estudiara sin aburrirme mortalmente.

—Pues debería patentarlo. A más de uno le vendría fenomenal.

—No creo que le sirviera a todo el mundo, es personalizado. Me hizo un estudio psicológico y dio con la fórmula.

—¿Me estás tomando el pelo?

—No, es en serio. Espera un momento y lo verás, voy a buscar una cosa.

Fui a mi habitación y en seguida regresé a su lado con los folios donde garabateaba historietas de cómic para las distintas asignaturas.

—¿Ves esto?

—Doña Voltios y don Amperio...

—Es un circuito —le expliqué.

–Sí, ya lo veo, está fenomenal, Andrés. Eres un genio, igual que tu abuelo.

–¿El abuelo era un genio? –me extrañé–. Otras veces la comparación era en negativo.

–Sí, era un genio. Fue inventor y tenía un gran talento para la pintura. Era un hombre bastante renacentista. Muy guapo. Tenía mucho éxito.

–En eso no se parecía a mí.

–Sí, os parecéis mucho. El acné no te va a durar toda la vida.

–¿Y por qué bebía entonces? –le pregunté a bocajarro.

Mi madre frunció el ceño con un gesto de tensión y tristeza, como siempre que salía ese tema. Qué merluzo soy, macho. ¿Para qué he ido a tocarlo? Bastante preocupación tiene con el viejo, como para que yo la ponga triste.

–Empezó a beber cuando murió mi hermano mayor.

–¿Tenías un hermano? Nunca nos lo habías contado.

–Sí, era un año mayor que yo, apenas lo recuerdo, porque murió de una meningitis a los cuatro años. Pero su muerte nos marcó a todos. Tu abuelo ya nunca volvió a ser el mismo. Por lo visto era una persona muy vital y muy alegre, disfrutaba mucho de la vida... Por desgracia, yo ya no lo conocí así.

Hubo un silencio de esos que te producen incomodidad pero que no sabes cómo romper. Menos mal que me sonaron las tripas como si tuviera una moto dentro.

–Vamos a comer, tengo un agujero en la barriga –exclamé.

Era la primera vez que mi madre me hacía semejantes confidencias (bueno, la segunda, la primera fue cuando me contó que el abuelo había muerto de cáncer de hígado por culpa del alcohol). Me dio un ataque de verborrea peor que los del Puella. Prolongamos la sobremesa lo menos dos horas. Yo parloteaba como si me hubieran dado cuerda. Me pareció que así distraía a mi madre de la preocupación que tenía instalada a piñón fijo en el coco, pero ella cada poco miraba el reloj. Yo no hacía ningún comentario, como si me pasara desapercibido el detalle, pero redoblaba mi diarrea verbal.

—¿A qué hora has quedado con tus amigos? —me preguntó volviendo a consultar el reloj por undécima vez.

—A las siete en la bolera.

—Son ya las seis, tendrás que arreglarte —comentó.

Era una disculpa descarada para librarse de mí. Ella sabía que mi arreglo no me ocupaba más de cinco minutos. Tenía el ceño fruncido y la mirada ausente, parecía muy preocupada.

—Bueno, sí... yo... voy a cambiarme de camiseta. ¿Está lavada la de los Iron Maiden?

—¡Ay!, hijo, mira que te gusta esa camiseta, parece como si no tuvieras otra.

A mi madre le horroriza esa camiseta, supongo que por la calavera, pero casi nunca coincidimos en cuestión de gustos. Pretende que vaya con la camisa metida por dentro del pantalón, como en su época. Pero ahora vas así y haces el ridículo, tronco. Además esta camiseta mola mazo, me la regaló Dani por mi cumpleaños, quien, por cierto, sigue sin hablarme, el muy cabezota; y, encima, ha vuelto a suspender todas las que le habían quedado. Supongo que pensará repetir. Lo que no sé es qué le dirán sus padres cuando se enteren, si es que algún día se enteran. Es capaz hasta de falsificar las notas, en eso es un hábil. Joder con el espejito, ¿de verdad es mío ese careto? Yo creo que es un espejo de aumento. Cada día tengo más granos. Y para colmo no está mi hermanita, que me echa ese invento que tiene mamá y me los disimula bastante. Precisamente ha tenido que irse hoy a dormir a casa de su amiga Andrea. Bueno, qué le vamos a hacer. ¿Cómo hará Leonardo

DiCaprio para no tener un solo grano? Con esa cara, cualquiera liga. Guapo, rubio y de ojos azules. Así están todas las chicas coladas por él... Bueno, ya no me como más el tarro, que lo que hay es lo que hay. A ver si la generala me da el visto bueno.

–Adiós, tronca, me voy, pórtate bien, ¿eh? –dije vacilándola cariñosamente. En el fondo le encantaba que la llamara tronca.

–Bueno, hijo, al menos vas limpio y peinado –dijo ante la imposibilidad de cualquier otro piropo–. Pórtate bien y ten mucho cuidado, ya sabes, mantente al margen de las peleas, que hay mucho camorrista.

–Tranqui, tronca. Mira qué bíceps, estoy cachas. ¿Tú crees que alguien se va a meter conmigo? –dije mostrando orgulloso la labor de muchos días de pesas.

En ese momento sonó el teléfono. Mi madre se abalanzó hacia él sin disimular su angustia, pero en seguida me lo pasó decepcionada.

–¿Para mí? –me extrañé.

–Es una chica –susurró tapando el teléfono.

Lo cogí intrigado. Como no fuera Belén para decirme que le había surgido un contratiempo... Pero no, no era Belén. Era Sara.

–Andrés, te llamo para pedirte un favor –dijo.

Me quedé cortadísimo. Seguro que era para ver si podía venir con nosotros esta tarde. Debería haberla invitado también a ella, pero verla morrearse con Jorge no era precisamente lo que más me apetecía para celebrar los cuatro aprobados...

–Andrés, ¿estás ahí?

–Sí..., perdona... Ya sabes que a veces se me va la olla. Dime, ¿qué quieres?

–¿No podíamos vernos?

–¿Cuándo, ahora? –pregunté confundido.

–No, hoy no puedo, tengo que hacer de canguro de mi prima, si te parece mañana a las doce.

–Vale, pero ¿pasa algo? –insistí.

–No, nada, mañana hablamos, ¿vale?

Me quedé intrigadísimo. Si no era para venir con nosotros, ¿qué diablos quería? ¡Cuánto misterio!

19

La calle me iluminó los plomos que tenía fundidos. Olía a primavera. Era una calle diferente, recién pintada de colores muy brillantes. Nueva. Viva. Y la temperatura era casi veraniega. Comprendí que mi padre se hubiera tirado a la calle y no hubiera vuelto. Con el buen tiempo uno se siente eufórico y después de cinco días sin salir... Estuve por subir a casa de nuevo y decírselo a mi madre, que no se preocupara, que saliera ella misma a la calle y lo comprendería. A veces la calle es plomiza: te machaca, te escupe, te fastidia; pero otras, como hoy, es dorada, y te devuelve el optimismo. Según iba andando, notaba que me ensanchaba por dentro y no se debía precisamente a mi caja torácica (aunque es verdad que, gracias a las pesas, había mejorado notablemente), sino a ese despertar del letargo del invierno (en el fondo no somos muy diferentes a los osos). Supongo que también me influía la llamada de Sara. Su voz hacía que mi corazón latiera a más de cien pulsaciones por minuto. Hombre, no quiero hacerme ilusiones de ningún tipo, comprenderás que a estas alturas estoy más que escarmentado..., pero dijo que quería verme, ¿o no? Bueno, así de estúpidos son los sentimientos humanos, cualquier migaja les sirve. Pero ¿qué importa? Y más en un día como hoy, en que la euforia me sale por las orejas, tronco. Nunca pensé que cuatro aprobados pudieran hacerme tan feliz, aunque en realidad no fueran los cuatro aprobados, sino la satisfacción de haber sido capaz de llevar un barco a buen puerto a pesar de la tempestad. La verdad es que sabe distinto salir de marcha con cuatro aprobados en el bolsillo conseguidos con sudor y lágrimas. Porque anda que no me lo curré. Hubo días en los que me quedé empollando hasta las dos de la madrugada. Pero mereció la pena, tronco. Si tampoco se necesita tanto para ser feliz, si es que nos complicamos la vida de una manera...

—Andrés, estoy aquí —dijo la voz de Belén agarrándome por el jersey.

—¿Dónde estabas? No te he visto.

—No, ya me he dado cuenta de que estabas en la luna. Has pasado por mi lado, y como si fuera la mujer invisible. ¿En qué estarías pensando?

—En la paliza que os voy a dar a los bolos —disimulé—. Mira, por ahí viene Jorge.

En la bolera tuvimos que esperar un rato para poder jugar, estaba abarrotada de gente. Mientras, nos dedicamos a observar al personal. Dominaba la especie de los cachas de bolera, que querían lucir sus musculitos y habilidades ante las tías; luego estaban dos monstruos del bolo que mantenían una lucha encarnizada por ver quién conseguía más plenos; y en la última calle había un grupito de niños pequeños celebrando un cumpleaños.

—Es vuestro turno, podéis jugar en la calle número tres —nos advirtió el empleado.

Desde que comenzamos la primera ronda, uno de los cachas de bolera que teníamos al lado se nos acopló con un descaro total. Estaba clarísimo que quería ligar con Belén. A esos tíos los ves venir a distancia. Yo estaba dispuesto a espantarlo y lo intenté en un par de ocasiones lanzándole una mirada asesina en el momento de coger la bola. Pero me di cuenta de que a Belén no solo no le molestaba sino que parecía gustarle. Hay que ver cómo son las tías: el otro día diciéndome que no podía vivir sin mí y hoy atontada por ese cuerpo Danone con cerebro de Petit Suisse. Al menos eso era lo que yo quería pensar, ya que claramente no podía competir con su espalda cuadrada y su moreno de lámpara de cuarzo o de obrero de la construcción, vete a saber. Estuve por decirle que se pasara a jugar en nuestra calle, tan descarado era su acercamiento. Y encima, Belén, cada vez que se cruzaban miraditas, le sonreía. Eso me mosqueó. Ya sé que no tenía por qué. Al fin y al cabo, yo tuve mi oportunidad con ella y la dejé pasar, pero soy un nata-fresa, estoy lleno de contradicciones. Y ver a ese musculitos tratando de ligar abiertamente con la que se suponía mi chica me fastidiaba, por aquello de que el corazón es un laberinto, o sea, que no te lo puedo explicar, pero es así. Jorge se dio cuenta de mi malestar e intentó picarme para animar la partida.

–¿No decías que nos ibas a ganar, Andresito? Pues ahí tienes, un pleno. Y ojo con Belén, que está a punto de alcanzarte. Mírala, puntito a puntito... Y es que en todos los tiros hace alguno, nunca se le va la bola.

Intenté concentrarme en lo que hacía, pero el coqueteo que se traían perturbaba mis sentidos.

–A ese tío le gustas –le comenté cuando le tocó tirar a Jorge.

–¿Tú crees? –me preguntó haciéndose la tonta.

–Y a ti también te gusta él –dije observándola muy de cerca.

–¡Qué bobadas dices! A mí ya sabes quién me gusta, pero no me hace ningún caso.

–Te lo digo en serio, Belén, se nota que te gusta, por mí no te cortes.

–O sea, que quieres deshacerte de mí, ¿no? –dijo haciéndose la ofendida.

–No digas chorradas.

–¿Interrumpo algo importante? –preguntó Jorge–. Por mí, podéis continuar, pero hay gente esperando que nos empieza a mirar con odio.

–No interrumpes nada, espera a ver este toque maestro –dije levantándome a coger la bola.

–Pues tendrás que esforzarte bastante, porque acabo de hacer un semi-pleno –me animó.

¿Cómo es posible que, además de ser rubio y de ojos azules, más fuerte, mejor deportista y mejor estudiante, me gane también a los bolos? ¡Qué injusta es la vida, tronco! Si los bolos junto con el dibujo es mi única especialidad... ¡Toma ya, un pleno!

–¿Qué te dije? –exclamé orgulloso de mi jugada.

–Hombre, tampoco era necesario que te lo tomaras tan en serio –me vaciló.

Miré a Belén de reojo. Estaba hablando con el cachas de bolera. Al verme, se levantó apurada y vino hacia mí.

–Es fotógrafo...

–¿Otro? –la interrumpí–. ¿Pero qué te pasa con los fotógrafos que se te pegan todos?

Ignoró olímpicamente mi mordaz comentario y continuó informándome sobre aquel cuerpo Danone.

–Me ha preguntado si podía hacerme unas fotos.

–No serán para el *Play Boy*, ¿verdad?

–Venga ya, Andrés, no me vaciles. Es para un reportaje de la revista *Tiempo*. Necesita chicos de nuestra edad.

–Pues conmigo que no cuente.

–¿Por qué no? No seas borde.

–A mí no me va ese rollo...

Nunca eches un pulso a una chica, porque te gana, ¡qué blando soy! El poder de convicción de Belén fue muy superior a mi resistencia. Eso sí, tanto el fotógrafo como el periodista que lo acompañaba nos acreditaron su documentación, faltaría más. En menudo follón te pueden meter, chaval, te trucan la foto y apareces en pelotas en el Interviú. La verdad es que eran buena gente. Y además nos invitaron a las hamburguesas. El periodista puso la grabadora en marcha y se lió a hacernos preguntas: que adónde solíamos ir, que si fumábamos, que si bebíamos, que si nos chutábamos... Yo creo que les sorprendió lo normalitos que éramos, incluso me atrevería a decir que se sintieron decepcionados. Pensaban que la vida de todos los adolescentes era esa existencia salvaje del éxtasis y las rutas del bakalao. Pero ahí estábamos nosotros, la otra cara, los héroes del asfalto que luchábamos contra el sueño y la galbana para conseguir aprobar el curso. Así es la vida, tronco, real como la vida misma. La verdad es que eran unos tíos simpáticos. El fotógrafo acababa de estar en Argelia (de ahí su moreno insultante) haciendo un reportaje sobre las mujeres. Nos contó anécdotas espeluznantes. Supongo que Belén pensó en ese momento que su padre era una hermanita de la caridad comparado con aquellos fundamentalistas que no estaban dispuestos a soltar un ápice de su poder sobre las mujeres. Por lo visto practicaban eso de la mujer en casa con la pata quebrada, llevado a los últimos extremos: tapadas de arriba abajo como momias... Pero lo más alucinante fue la discusión en la que entramos de pronto, cuando el fotógrafo, que se llamaba Bosco, dijo que, después de haber visto la miseria de esa gente, comprendía a los moros que se lanzaban a cruzar el Estrecho en pateras, que él habría hecho lo mismo. Jorge se puso como un energúmeno. Dijo que eso era quitarle el pan a la gente de aquí, que pobres los había en todas partes, pero que no era cuestión de invadir a los demás. Entonces Bosco le respondió que más les quitamos nosotros a ellos, que los países occidentales son como garrapatas que les chupan la sangre a los del Tercer Mundo hasta dejarlos exhaustos y que solo intervenían en las guerras cuando había dinero de por medio y que, si nosotros comíamos pescado, era gracias a sus costas... A mí me parecía que al fotógrafo no le faltaba razón, pero Jorge se fue calentando y acabó diciendo que si había razas en el mundo era por algo y que no era cuestión de mezclarlas. Yo creo que no se dio cuenta de la burrada que había dicho, por eso traté de defenderlo, pero el periodista me interrumpió y le preguntó señalando su pelo si no sería un cabeza rapada de esos, que así pensaba también Hitler. Por fin pude intervenir para poner las cosas en su sitio: Jorge llevaba el pelo así como otros lo llevaban verde, porque estaba de moda y punto, pero yo lo conocía bien y sus ideas no tenían nada que ver con las de Hitler. El periodista se disculpó por el insulto y cambiamos de conversación. Cuando se despidieron de nosotros, quedaron en que se pasarían el lunes por el instituto para hacernos algunas fotos más de nuestra noble pero monótona vida de estudiantes y nos despedimos.

–¿A que es un tío muy majo? –me preguntó Belén cuando la acompañé a su casa.

–Pero un poco viejo para ti, ¿no crees?

Belén saltó como si le hubiera apretado un resorte.

–Hay que ver cómo eres, Andrés, si no estaba pensando en ligar con él, en serio.

–¿Que no? Pero si es tu tipo, no disimules.

–Como que me iba a hacer caso a mí. Tendrá una novia guapísima y estupenda.

–Pues no lo parecía, por las miradas que te echaba.

–Si hubiera estado interesado, me habría pedido el teléfono.

–¿Qué te apuestas a que te lo pide el lunes?

–La hamburguesa que te salió gratis hoy.

–Vale, nos apostamos unas hamburguesas. Si ganas tú, una normalita, y si gano yo, una Big Mac.

–¡Qué morro!

Llegamos a su casa bromeando.

–Bueno, adiós, hasta mañana –dije haciendo un gesto de despedida con la mano.

–¿Qué pasa, no me das un beso?

–No quiero morir fusilado en el paredón a manos de tu padre –bromeé alejándome.

¿Por qué se habría puesto así Jorge con lo pacífico que solía ser? Lo de Belén ya no me importaba, al revés, me alegraba. El fotógrafo parecía un buen tipo y yo no quería enrollarme con ella. En realidad era la solución perfecta.

Cuando llegué a casa eran ya las once y media. Vi que había luz en el cuarto de mis padres y entré. Me chocó ver a mi madre sola leyendo en la cama.

–¿Y papá, no ha llegado? –le pregunté

–Telefoneó para decir que se quedaba a dormir con los abuelos, por lo visto el abuelo no se encontraba bien.

Me fijé que los ojos de mi madre estaban rojos, como de haber llorado.

–¿Es grave?

–No, en absoluto; no es más que un cólico, pero papá ha preferido quedarse para que la abuela no tenga que andar levantándose de noche si le da otro.

Me quedé bastante escamado. Si no era nada grave, ¿por qué mamá tenía los ojos rojos de haber llorado? Si estuviera Paula, seguramente lo sabría, pero cualquiera le preguntaba a Carlos. Me soltaría otro bufido.

20

Me pongo la camiseta que me regaló, no me la pongo, me la pongo, no me la pongo... Ya estoy deshojando la margarita. ¿Y si piensa que me la he puesto para intentar ligármela? Vale, no me la pongo. Pero es que con el polo de rayas que me compró mi madre parezco un presidiario, y la verde no me va con este pantalón, ¿o sí? ¡Ostras, vaya desorden!, parece que hubiera pasado una manada de búfalos. Como lo vea mi madre, me la cargo. Pero ya no tengo tiempo de ponerme a ordenar... Bueno, venga, me pongo la verde. A ver si voy a llegar tarde a mi cita con ella por una camiseta. ¿Y si le llevo algunos de los cómics que hice mientras estudiaba? No, ¿para qué?, si lo único que querrá es hablarme de Jorge, seguro; mis cómics le importan un rábano. Bueno, Andrés, tranquilízate, pon a enfriar la olla, piensa que le tienes que dar la réplica a Clint Eastwood. Imagina que Sara te deja frío. ¿Frío? Pero si estoy sudando, si sólo pensar en ella me sube la fiebre a cuarenta y me entran temblores y pierdo la memoria y... me largo.

Cuando salía, me encontré con mi padre, que volvía de pasar una noche en blanco. O, al menos, esa era la impresión que daba.

–¡Hola, viejo!, ¿qué tal el abuelo?

–¿El abuelo? –preguntó mi padre con cara de no-tengo-ni-la-más-remota-idea-de-lo-que-me-estás-preguntando.

–Sí, el abuelo –insistí sospechando que pasaba algo raro; lo mismo estaban tratando de ocultarme su gravedad–. Mamá dijo que habías ido a pasar la noche con él porque había tenido un cólico.

–¿Un cólico?... ¡Ah! Está mucho mejor –dijo aterrizando–. En realidad no fue nada. Pero yo extrañé la cama y no pegué ojo. ¿Está tu madre en casa? –me preguntó de sopetón.

–Sí, está cocinando. Bueno, me voy, que he quedado, te veo a la hora de comer, ¿vale? –le respondí apresurado.

¡Qué raro es todo esto! ¿Por qué se extraña de que le pregunte por el abuelo, si pasó la noche con él? Encima, luego va y me dice que está mucho mejor, pero él no ha pegado ojo; y mamá estaba ayer muy preocupada, de eso no hay duda, incluso lloró... Aquí hay gato encerrado. Si no fuera tan tarde, me pasaría ahora por casa de los abuelos. Bueno, en cuanto acabe de hablar con Sara, me paso por ahí, a lo mejor la convenzo para que me acompañe. ¿Y qué querrá decirme? Estoy intrigadísimo. A ver si ahora le parece mal que sea amigo de Jorge. Antes porque no lo podía ni ver y ahora porque lo veo demasiado; bueno, no creo, ella sabía perfectamente que estábamos haciendo el trabajo de Historia. ¿A que me dice que ya no le gusta Jorge, que se ha dado cuenta de que su héroe soy yo? Anda, que no escarmiento. Me hago ilusiones para luego volverme a estrellar. Vamos, Andrés, tranquilízate, que ahí la tienes, con su melena dorada con olor a limón, en el banco de siempre, en nuestro banco...

–¿Hace mucho que has llegado? –le pregunté, casi sin aliento por la carrera que me di desde que la divisé a lo lejos. Pero qué falta de frialdad, chaval. ¿No quedamos en que actuarías como Clint Eastwood? Faltó un pelo para que me abalanzara sobre ella.

–No, acabo de llegar –dijo esbozando una media sonrisa. Se notaba que quería ser amable, pero que no estaba para bromas–. He venido directamente de la clase de taekwondo.

Quería decirle que estaba guapísima con esa camiseta azul turquesa, pero Pepito Grillo me ató un nudo en la lengua y no pude decir ni pío. Así que continuó hablando ella.

–Te habrá extrañado que te llamara ayer, ¿no?

–No..., bueno..., sí..., un poco...

Pero ¿por qué soy tan gilipollas? Escúchame bien, Andrés Díez, si no eres capaz de unir una palabra con otra y decir algo medianamente coherente, cállate.

–Oye, Jorge y tú os habéis hecho muy amigos, ¿verdad?

¡Huy, huy, huy!, a ver por dónde pensaba salir ahora. Sí, seguro que me iba a pedir cuentas...

–Bueno... normal... sí, somos amigos, pero ¿por qué lo preguntas?

–Porque estoy preocupada, Andrés –dijo sin reparar en mis estúpidos tartamudeos–. El otro día se puso como un energúmeno solo porque le comenté que pensaba estudiar Medicina para irme a trabajar a Sudamérica en alguna ONG. Dijo que, si todo el mundo pensaba como yo, pronto Europa pasaría a formar parte de los países del Tercer Mundo, que también aquí había enfermos y que tenían el mismo derecho que esos indios renegridos a ser curados. Estas fueron sus palabras textuales. ¿Te imaginas a Jorge diciendo una cosa así?

No quise decirle lo que había soltado el día anterior en la hamburguesería para no echar más leña al fuego. Pero en seguida asocié una frase con otra.

–Bueno, ya sabes que lo ha pasado muy mal con lo de su padre, que lo dejó bastante tocado.

–¿Y qué tiene que ver lo de su padre con esto?

–Quizá sienta que también tú quieres abandonarlo.

–¿Por qué dices también? Su padre no lo abandonó, se murió siendo él pequeño.

Me di cuenta de que había metido la gamba hasta el fondo y además puse cara de haberla metido, con lo cual la situación difícilmente tenía arreglo, ya no podía dar marcha atrás. Mi silencio me delató más todavía.

–¿Entonces lo abandonó?

Seguí con mi cara de no-sé-qué-decir-me-he-quedado-mudo.–Venga, Andrés, ahora ya lo sé, te has delatado, cuéntame cómo fue.

¿Qué podía hacer?, ya no había remedio. Tuve que contárselo. Se quedó petrificada, lo mismo que yo. Me pareció rarísimo que me hubiera hecho a mí semejante confidencia y no a ella. Pero Jorge es un tipo extraño, bastante hermético e impredecible.

–Bueno, ahora me encajan más sus salidas de tono, puede que tengas razón, que proyecte su rabia contra todo lo que le pueda recordar ese tema. ¡Uf!, si lo hubiera sabido, no me hubiera comido tanto el tarro. Incluso llegué a pensar si el grupo ese al que pertenece no sería una banda de *skinheads*, como va rapado... Qué mal pensada soy, hay que ver... Por eso quería hablar contigo, para ver si tú sabías algo de ese grupo, si los conocías.

Rebusqué en la memoria del disco duro, localicé la información y di al botón de imprimir, o sea, a la lengua.

–A mí lo único que me comentó es que se reunían para hablar de política y arreglar la sociedad. Ya sabes lo que le va a Jorge todo ese rollo. Como lee tantos libros de Historia... Incluso me ofreció si quería ir algún día con él.

Recordé también la consigna que tenían, «héroes a la fuerza», y me sonó rara. No sé por qué, pero evité decírsela.

–¿Y por qué no vas un día? Podías ir esta tarde... Anda, por favor –me suplicó en vista de mi silencio.

–¿No va a salir contigo? –me extrañé.

–No, me dijo que tenían una reunión importante y que luego iban a celebrar el cumpleaños de uno de ellos. Desde hace algún tiempo lo noto cambiado, y comprenderás que no es por lo de su padre. Está... no sé..., ¿cómo te diría yo?..., más agresivo. Tengo la impresión de que le meten ideas raras en la cabeza.

–Es que hoy he quedado con Belén –la interrumpí.

–¡Ah, vaya! –dijo muy decepcionada.

Quería pensar que su decepción se debía a que yo saliera con Belén, pero en el fondo sabía que esa no era la causa, que lo único que le fastidiaba era que yo no pudiera asistir a la dichosa reunión de Jorge.

–Quizá otro día –le dije.

–Sí, por favor, te lo agradecería mucho, Andrés, estoy muy preocupada. A veces Jorge me resulta un enigma, incluso he pensado en dejarlo. Pero ni se te ocurra decírselo, ¿eh? –se apresuró a añadir.

–¿Me tomas por un chivato?

Me daban ganas de decir: pero, Sara, soy Andrés, el de siempre, el que te mandaba mensajes por las nubes, con el que te subías en el columpio, con el que inventabas historias de la gente, con el que comías bolsas y bolsas de pipas... Andrés Díez, un tío legal, no un soplón de mierda.

–No, claro que no, perdona.

Su voz hizo que me subiera una oleada de ternura de esas que me derretía por dentro. Tenía unas ganas de besarla, de estrujarla entre mis brazos, de acariciar su melena dorada...

–¿Me acompañas a casa de mis abuelos? Tengo que resolver un misterio –le anuncié esperando ver el efecto que le producían mis palabras.

—Andrés, que te conozco, no seas peliculero. ¿Qué misterio?

—Conque estás intrigada, ¿eh?

—Venga ya, me estás tomando el pelo, ¿no?

—Me encantaría hacerlo, sabes que me fascina tu pelo. Me lo tomaría de primer plato, de segundo y de postre.

—¿Lo ves? ¿Ves cómo estás haciendo el bobo?

—Bueno, también puedo hacer el ganso, el mono, el cocodrilo, el oso... Incluso el ñandú. Hombre, por este cobraría un poco más, porque no es fácil.

—Andrés Díez, te odio —dijo riéndose.

—Bueno, vamos mejorando. Como dice mi abuela, del amor al odio no hay más que un paso, así que siempre es mejor que la indiferencia y...

—Andrés Díez, corta el rollo o te arrancaré la lengua. Venga, suelta de una vez cuál es ese misterio.

—Pues resulta que mi abuelo está enfermo, bueno, en realidad no sé si lo está o no. El caso es que mi padre se quedó con mis abuelos esta noche, pero en realidad mi madre no sabía adónde había ido mi padre y mi padre no sabía que mi abuelo estaba enfermo...

—Vale, ya veo que me quieres tomar el pelo, olvídame —dijo dándose la vuelta.

La agarré del brazo.

—Escucha, es en serio. A lo mejor me he liado un poco, empezaré desde el principio: mi padre llevaba cinco días sin salir de casa, en pijama, sin afeitarse... Por lo del paro, le está afectando mucho...

—¿Tu padre está en el paro? —se sorprendió.

Es verdad que las únicas personas a las que se lo había dicho eran Sergio e Irene.

—Sí... bueno... hace ya casi dos meses.

—Vaya, lo siento, no sabía nada. ¿Cómo no me lo dijiste? Creía que éramos amigos.

¿Éramos amigos? Para mí no era fácil pensar en Sara como una amiga y además salía con Jorge y además... Debió de notar mi expresión perpleja, porque añadió:

–Oye, es verdad que cuando dejamos de salir estuve algo seca contigo, porque no me resultaba nada fácil, Andrés; y tampoco puede decirse que tú ayudaras mucho...

–Déjalo, Sara, las cosas son como son, no le des más vueltas.

–Tienes razón, pero si puedo ayudarte en algo, me gustaría, de verdad...

–Claro que puedes ayudarme. Venga, ¿dónde está tu olfato de detective? Hace unos meses, con lo que te he contado, ya hubieras tenido el caso resuelto.

–Qué gracioso. Para resolver un caso, necesito datos y no un jeroglífico: «mi abuelo está enfermo, pero no está enfermo. Mi padre ha dormido con él, pero no sabe que está enfermo...». Tío, aclárate un poco.

–Vale, empezaré desde Adán y Eva –concluí muy serio.

–Pero sáltate lo de Noé y el diluvio; a ser posible, tengo que llegar a casa a las dos y media –siguió la broma.

De pronto éramos la Sara y el Andrés de siempre, separados del resto del mundo, sin tiempo ni espacio; Sara y yo flotando en el espacio sideral, hablando un lenguaje que solo nosotros conocíamos; inmunes a cualquier terremoto, cataclismo u otra desgracia natural que se produjera a nuestro alrededor. La melena de Sara flotaba a mi lado haciéndome cosquillas en el corazón, que latía más y más deprisa, y su voz me acariciaba los sentidos. Cuando nos dimos cuenta, estábamos en el portal de mis abuelos, sin saber cómo habíamos llegado hasta allí.

–¿Quieres que te espere aquí? –me preguntó.

Casi se me había olvidado el motivo de nuestra visita.

–Sí, vale, en seguida vuelvo.

Subí las escaleras de dos en dos (vivían en el primer piso y nunca cogía el ascensor), llamé al timbre y escuché los pasos que venían hacia la puerta. En unos segundos descubriría el misterio... Me abrió la puerta el abuelo. Tenía un aspecto de lo más saludable.

–Hola, abuelo, ¿qué tal estás?

–En plena forma, hijo, veinte largos he hecho hoy en la piscina.

–¿En la piscina? –pregunté con cara de lelo.

–Sí, hijo, en la piscina, como todos los sábados. Mira, toca este músculo, estoy cachas, como decís vosotros. Me merezco un cocido, ¿no? ¿Te quedas a comer, verdad?

¿Veinte largos en la piscina? ¿Un cocido? Estaba claro que el abuelo no tenía ningún cólico.

–No puedo... me está esperando... una amiga –balbuceé.

–Pues venga, no la hagas esperar, que lo mismo se cansa. Tu abuela ha ido a comprar el pan, no tardará ya mucho, pero no te preocupes que le diré que has estado aquí... Me dijo tu madre que mañana no podéis venir a comer, que tenéis un compromiso... –¿un compromiso? ¿Qué compromiso?–. ¿Vendrás a comer un día entre semana?

–Sí, claro, el lunes, si quieres. Adiós, abuelo.

Salí de allí más desconcertado de lo que entré.

–¿Has visto un fantasma? –me preguntó Sara.

–Mi abuelo ha ido a la piscina y va a comer cocido –le respondí.

–Bueno, entonces ya está aclarado el caso –concluyó.

–¿Aclarado? Yo diría que está mucho más confuso que antes.

–Pues yo creo que está bastante claro. Tu madre inventó lo de tu abuelo para cubrir la ausencia de tu padre de algún modo. Seguramente, se habrían peleado y tu padre se fue a pasar la noche fuera.

–Vaya imaginación. Eso podría hacerlo yo, pero no mi padre.

–Si, como dices, tu padre lo está pasando mal, es normal que reaccione de una manera extraña.

–¿Entonces por qué ha vuelto?

–Lo habrá pensado mejor y querrá hacer las paces con tu madre.

–Quizá tengas razón, Sherlock.

–Naturalmente, querido Watson. Ha sido un caso fácil. Llámame cuando tengas otro. Adiós, Andrés.

Otra vez la ola de ternura. Sara se ha vuelto a apoderar de todos mis sentidos y la sangre me hierve a borbotones, como si se cociera dentro de mí una pócima mágica que hace flotar mi cuerpo, inmune a la ley de la gravedad. No siento mis apéndices desarticulados. Podría ir hasta casa dando saltos mortales o volando. No soy un pájaro. No soy un avión. Soy Supermaaaan. Sí, chaval, créetelo, aunque no lleve el disfraz. ¿No ves cómo vuelo? No necesito poderes, ni capa; es Sara la que me da fuerza. Es... como tener la boca llena de merengue de fresa. Es como flotar en una nube. Es como dejarte mecer por las olas... «Ha sido un caso fácil. Llámame cuando tengas otro». ¿Qué quiso decir? Sé que es algún mensaje secreto, conozco a Sara. Además, ¿acaso no me comentó que había pensado en dejar a Jorge? Yo diría que tiene bastante que ver una cosa con otra, ¿o no? Y tú, Pepito Grillo, déjame saborear mi merengue de fresa en paz, mira que eres plasta. ¡Qué cántaro ni qué castillos en el aire! Esta vez es la Sara de siempre. ¿No has visto cómo se reía? Macho, si había una corriente entre los dos que podía iluminar toda la ciudad. ¡Qué digo!, el país, todos los continentes, el mundo entero... Mira, ahí está nuestra fuente. ¿No ves que los delfines hoy son de verdad? Míralos cómo saltan. Esta tarde Retoñito saldrá a pasear en delfín. ¿Por qué no? ¿No va la gente en coche?, ¿en bici?, ¿en moto?, ¿en patines? Pues Retoñito en delfín. Y a ver quién le rechista, porque más ecológico, imposible. Aunque lo mismo me sale por ahí algún defensor de los animales diciendo que el lugar de los delfines es el mar. Qué falta de imaginación, tronco. Bueno, ya estoy en casa, a ver si tenía razón Sara...

–¡Hola, hijo!, ¿qué tal el paseo? –me preguntó mi padre muy contento. Se había afeitado y las huellas de la noche en blanco habían desaparecido de su rostro.

–En seguida está la comida –me anunció mi madre trinando como un pájaro.

Sara había hecho pleno.

21

Si Belén no hubiera anulado nuestra cita, yo no estaría metido en semejante fregado. Resulta que su abuela se ha roto una cadera y han tenido que marcharse al pueblo. Ya no tenía ninguna disculpa para no hacerle a Sara el favor que me pidió. ¿Cómo voy a negarle un favor, si no hago más que pensar en su melena dorada con olor a limón? Pero la verdad es que no me apetece nada ir con esos tíos. ¿De qué van? No me puedo quitar de la cabeza su consigna, «héroes a la fuerza». Y encima, me han denegado la venia para asistir a la reunión de hoy. Por lo visto, antes tienen que conocerme y ver qué tal les caigo, es el colmo tener que pasar un examen. Si no tengo el menor interés, si a mí lo que hagan esos tíos me la suda. Menudo peñazo pasar la tarde del sábado hablando de política. Espero que ya se hayan hartado de ella para cuando lleguen aquí. Por cierto, tenían que estar ya. Son las ocho. Jorge me dijo que les esperara en la esquina de Princesa con Marqués de Urquijo, y aquí estoy, como un clavo. Como tarden más de diez minutos, me las piro con Retoñito, que al pobre lo he dejado tirado con el delfín en mitad de la Castellana, tronco, menudo atasco ha organizado...

No hubo suerte, ya estaban aquí.

–¡Hola, Andrés! Mira, estos son Rafa, Pedro, Germán y Paco –dijo Jorge encantado con su papel de relaciones públicas–. Los demás nos esperan en la cafetería.

Tenían una pinta un poco rara. Dos tenían el pelo rapado igual que Jorge y los otros dos bastante corto. Instintivamente, les miré a los pies y me tranquilizó que no llevaran botas negras con correas de cuero. Pero me sentí achantado ante el despliegue de prepotencia del que hacían gala. Rafa en seguida dejó constancia de que era el cabecilla del grupo y Jorge lo miraba con la baba colgando. Se notaba que sentía una gran admiración por él. Cualquier chorrada que se le pasara por la cabeza la celebraba, la apoyaba y la recalcaba por si yo no me había percatado de ella. Y continuamente me aportaba datos sobre su persona como si estuviera vendiéndome un artículo muy preciado.

–Rafa estudia Políticas, ¿sabes? –me aclaró cuando el tal Rafa comentó el caso de un profesor al que pensaban echar de la facultad.

Intenté seguir su alegato contra el profesor, pero me interesaba más el entusiasmo, o más bien la adoración rozando el delirio con que lo seguía Jorge. Solo le faltaba hacerle un altarcito y ponerle unas velas, macho. Luego le tocó el turno a Germán, que nos contó su viaje por Europa. Ese tío tenía más peligro que Willy Fog con el abono de transportes, tronco. Pasaba de Alemania a Suecia y de Suecia a Finlandia y... Perdí el hilo, ya no sabía dónde estaba, claro que me daba exactamente igual. Todos bebíamos cerveza y atacábamos en profundidad las fuentes de embutidos y calamares que nos ponían delante. Cuando salimos de allí, Jorge se me acercó sigilosamente.

–¿Qué te han parecido? –me preguntó–. Creo que tú a ellos les has caído bien, eso se nota...

¿Se nota? ¿En qué se nota? Apenas abrí el pico en toda la tarde como no fuera para llevarme un calamar a la boca o contestar alguna pregunta que me hacían.

–... Seguro que Rafa te dejará asistir a la próxima reunión...

No quise darle las gracias por la magnanimidad de Rafa, porque no podía hacerlo sin cargar las tintas con una buena dosis de sarcasmo. Y la verdad es que lo decía tan convencido de su papel, tan convencido de la tremenda suerte que representaba para mí, que me pareció como quitarle a un niño su regalo de cumpleaños.

–... Pero no te darán el carné hasta que no lleves dos meses en la organización –añadió con mucho misterio.

¿Quién quería un carné? Su enorme entusiasmo suplía la falta del mío. Aunque más que falta de entusiasmo, creo que era perplejidad. ¿A qué jugaban estos tíos? Desde luego conmigo que no contaran. Tenía mejores ideas sobre cómo pasar una tarde del sábado, por ejemplo con Sara. Pensé en irme a casa, estaba hasta el gorro de sus tonterías pero, ya que había venido, me quedaría hasta el final de la misión, para poder informarle. Parecían gorilas patrullando las calles. De pronto, uno de ellos le dio un empujón a un marroquí que pasaba por la acera tranquilamente.

–¡Eh!, ¿por qué lo empujáis si no os ha hecho nada? –intervine.

–¿Nada, dices? Va por nuestra acera –dijo Rafa.

–La acera es de todo el mundo, cualquiera puede ir por la acera –le contradije yo enfadado.

–Este sucio moro no.

El marroquí estaba temblando en medio de aquellos gorilas que lo tenían cogido.

–¡Soltadlo! –les grité al ver brillar el filo de una navaja.

–A lo mejor prefieres que te pinchemos a ti –dijo Paco sacando otra navaja.

Me di cuenta de que esos tíos eran unos neonazis de mierda, que se creían muy machos acorralando a aquel pobre marroquí. Germán avanzó hacia él, navaja en mano.

–¡Eh, tío, ya está bien! –exclamé interponiéndome en su camino.

–¡No! –gritó Jorge–. ¡A él, no!

En ese momento sentí una punzada muy fuerte en el hombro izquierdo y vi que me salía sangre.

–¡Vamos!, la poli –gritaron los gorilas al oír una sirena y desaparecieron dejándome con Jorge y el marroquí. Este no paraba de gritar fuera de sí:

–Hay que llevar a hospital, hay que llevar a hospital...

Y Jorge no paraba de preguntarme cómo me encontraba, parecía también muy asustado. Me estaba mareando; supongo que era por la cantidad de sangre que salía. ¿Me habrían roto una arteria?

–Tú sujétale este pañuelo en la herida, que yo voy a avisar a la policía –le dijo Jorge al marroquí.

Eso fue lo último que oí. Lo siguiente fue el sollozo de mi madre abrazándose a mí en la cama de un hospital.

–Andrés, hijo, ¿cómo te encuentras?

Mi madre, sentada a mi lado, y mi padre y Jorge, de pie, me observaban con cara de preocupación.

–Estoy bien, solo un poco cansado.

–Andrés, fuiste muy valiente, hijo, pero no debías haber arriesgado la vida. Esa gente son criminales, no se andan con tonterías. Podían haberte matado. Jorge nos contó lo ocurrido.

¿También les había contado Jorge que habíamos estado merendando con ellos y que su consigna era «héroes a la fuerza»? Miré a Jorge. No, no se lo había contado. ¿Qué les habría dicho? ¿Coincidiría nuestra versión de los hechos? Yo no quería comprometer a Jorge, podía meterlo en un buen lío. Pero tendríamos que declarar a la policía.

¿Y qué iba a decirles? ¿Que esa panda de criminales eran amigos de Jorge? No podía decir eso, porque no era la verdad. Estoy seguro de que Jorge no sabía que estaba metido en una banda de neonazis, se le veía muy asustado. Y menudo disgusto se llevaría su madre al enterarse. Su único hijo... Recordé sus palabras textuales: «Jorge es un chico muy majo, nunca me ha dado problemas». No, evidentemente no podía contar los hechos tal y como habían sucedido porque esa no era la verdad o al menos no iban a reflejarla tal cual era. Claro que entonces esos criminales, como les había llamado mi padre, seguirían sueltos para volver a hacer de las suyas y a lo mejor me amenazaban para que no declarara o quizá quisieran liquidarme... Empecé a sudar.

–Duerme, hijo, aún te dura el efecto de la anestesia –dijo mi madre acariciándome la frente.

¿La anestesia? Contemplé los vendajes del hombro izquierdo y el gotero que tenía enchufado al brazo derecho. ¿Entonces me habían operado?

–Ha dicho el médico que seguramente mañana te darán de alta –dijo mi padre tratando de animarme.

Jorge seguía mirándome con angustia y ojos suplicantes. Tenía que decir algo que lo tranquilizara, ¿pero qué? No era fácil estando mis padres delante...

–Jorge intentó defenderme, pero no dio tiempo, ellos fueron muy rápidos.

Jorge se arrodilló llorando a los pies de mi cama. Se sentía culpable por lo que había ocurrido. Supongo que nunca pensó que esos gorilas fueran capaces de llegar tan lejos en su «heroísmo». Una cosa era discutir de política y otra andar rajando a la gente.

–Andrés, ¡ojalá me lo hubieran hecho a mí!

–Tranquilo, tú no pudiste hacer más de lo que hiciste –le dije–. ¿Dónde está el marroquí?

–Estuvo aquí hasta que te trajeron del quirófano. Luego dijo que tenía que ir a su casa, pero que en seguida volvería. No hacía más que repetir que tú le habías salvado la vida.

–No hables, hijo, descansa –dijo mi madre acariciándome la cabeza.

Todo había ocurrido tan rápido... Jorge había gritado. ¿Y si hubieran rajado al marroquí? ¿Lo habrían hecho más veces? ¿Era eso a lo que se dedicaban, a asustar a los emigrantes para que no les quitaran el pan a los de aquí, como había dicho Jorge al fotógrafo en la hamburguesería? ¿Por qué me venían estos pensamientos a la cabeza? Seguramente Jorge era ajeno a las actividades reales del grupo. Esos tíos le habían lavado el cerebro y estaba sometido a sus dictados. En ellos había encontrado el apoyo y la amistad que no tuvo en el instituto y la manera de aliviar la herida que todavía le sangraba por lo que les había hecho su padre; lo que dijo al fotógrafo y lo que dijo a Sara era una proyección de ese odio que sentía hacia gente de países de piel morena, un odio infantil.

Llamaron a la puerta. Mi padre fue a abrir. El marroquí asomó la cabeza. Traía una caja enorme.

–¿Tú estar bien? –me preguntó dándome la caja.

–Muchas gracias, no hacía falta que trajeras nada.

–Tú salvar Abdullah y Abdullah querer dar gracias. Tú arriesgar vida. Esto ser cosas de mi país para ti.

Mi madre abrió la caja. Había dátiles, unos dulces, té de menta, una chilaba...

–Gracias, Abdullah –repetí emocionado.

–Amigos siempre. Tú necesitar Abdullah y Abdullah venir.

En ese momento entró el médico seguido por una enfermera.

–¿Qué tal el paciente? –preguntó dirigiéndose a mí.

–Bien –respondí.

–Ahora conviene que descanses. Nada de visitas, ¿eh? Mañana vendrá un inspector de la policía a hacerte unas preguntas –dijo–. Es algo rutinario cuando hay un herido por arma blanca, como en este caso –añadió al ver mi cara de susto.

22

Socorro, han venido a por mí, están ahí. Lo sabía, van a rematarme para que no pueda declarar en contra suya. Ese es Rafa, reconocería su cara entre mil, tronco. ¿Cómo se habrán enterado de que estoy aquí? ¿Se lo habrá dicho Jorge? ¿Y cómo han conseguido llegar hasta mi cuarto? Rafa tiene una navaja, me la va a clavar... Socorro, no puedo gritar, no me sale la voz... Mi madre duerme tan tranquila y yo no puedo moverme con este cacharro del suero. Ay, me duele el hombro...

–¡Socorrooo!

–Tranquilo, chico –dijo una enfermera a mi lado–. Tenías una pesadilla. Abre la boca, te voy a poner el termómetro. Cinco minutos, ¿eh?

–¿Qué tal estás, Andrés? –me preguntó mi madre levantándose de la cama y viniendo hacia mí.

–Me duele el hombro –me quejé.

–No te preocupes, es normal, ahora te traigo un calmante –dijo solícita la enfermera.

Al poco, entró de nuevo y, detrás, una chica con el desayuno. La enfermera me quitó el termómetro.

–¿Tiene fiebre? –le preguntó mi madre.

–Unas décimas, no es nada; luego vendrá el doctor a informarles –le respondió la enfermera muy en su papel y, dirigiéndose a mí, añadió–: te tomas este calmante con el desayuno, verás cómo en seguida te alivia el dolor.

Contemplé el desayuno. ¿Y eso era todo lo que pensaban darme: un café con cuatro galletas de nada? Mi estómago languidecía de telarañas y mis tripas sonaban como la moto de José.

–¡Vaya desayuno! –exclamé decepcionado cuando se fue la enfermera–. Aquí a los pacientes los matan de hambre.

–Hijo, después de una operación no pretenderás que te den un banquete romano, pero es bueno que tengas apetito, eso significa que has recuperado tu estado normal –dijo mi madre riéndose.

–Podían haberse estirado un poquito más –dije engullendo la última galleta–. ¿Tan mal está de pasta la Sanidad?

–Cuando venga el médico, le preguntaremos si puedes comer como Obélix –se rió mi madre, contenta de ver mi rápida recuperación.

Estaba imaginándome una montaña de tortitas con toneladas de nata y caramelo cuando se entreabrió la puerta y Jorge asomó su cabeza.

–¿Cómo estás, Andrés? –preguntó, todavía con cara de susto.

–¡Qué madrugador! –exclamó mi madre.

–He venido para que puedas ir a desayunar a la cafetería –le respondió.

–Qué amable, muchas gracias. Creo que no me vendrá nada mal un café –le agradeció mi madre.

Lo que Jorge quería era que nos quedáramos a solas para ponernos de acuerdo en nuestra declaración a la policía.

–Andrés, no sabes cuánto lo siento –dijo en cuanto desapareció mi madre.

—No te preocupes, no te voy a delatar –lo tranquilicé.

—Ayer tuve que declarar a la policía. Les he dicho que nos encontramos con ellos en una calle y que tú saliste en defensa del marroquí –me adelantó.

—Está bien, yo les diré lo mismo. Pero ¿y si quieren que los identifiquemos?

—Les dices que todo ocurrió muy deprisa y que era una calle poco iluminada.

—Oye, Jorge, ¿tú sabías que eran una banda de neonazis?

—No lo son, Andrés, en serio, no sé qué les ocurrió. Nunca habían hecho algo así. Lo único que pretendían era asustar al marroquí y se les fue de las manos.

—¿Y por qué tienen que asustar a un marroquí?

—Porque cada vez vienen más y les quitan el trabajo a los de aquí, lo único que pretenden es que se marchen a su país, te aseguro que no iban a matarlo, no sé qué les pasó.

—Macho, tú estás mal de la olla. Esos tíos te han lavado el cerebro. ¿No ves que son criminales? Escucha, ya sé que estás muy afectado por lo de tu padre, pero no puedes proyectar ese odio a personas que tengan otro color de piel, tío, necesitas ayuda, en serio.

Sus ojos se llenaron de lágrimas.

—Por favor, Andrés, te juro que no volveré con esa gente, pero te suplico que no le digas nada a mi madre, bastantes disgustos se ha llevado ya. Tú eres mi amigo...

—Está bien, tranquilízate, ¿no ves que mi madre puede volver en cualquier momento? Pero sólo te pido que pienses qué harías tú en la situación de esa gente que tiene que salir de su país porque se muere de hambre.

—¡Qué bien me ha venido el café! Tenía un mal cuerpo... –dijo mi madre entrando en la habitación.

Jorge me lanzó una mirada suplicante y dijo:

—Bueno, ya me voy, no quiero cansarte.

–Gracias, Jorge, por lo bien que te has portado con Andrés –le dijo mi madre.

–Cualquiera habría hecho lo mismo –respondió, y añadió–: Bueno, si no me necesitáis, me voy, vendré a verte más tarde.

–Es un chico estupendo, tan serio, tan formal, tan educado –comentó mi madre en cuanto se marchó–. Me alegro de que seáis amigos –y añadió–: Anda, duerme otro poco; me parece que tienes sueño y aún es muy temprano. En los hospitales te despiertan con el canto del gallo.

¿Pensaría lo mismo mi madre si supiera las cosas que dice? ¿Si supiera que tengo que mentir para encubrirlo? Pero no lo voy a delatar, tronco. Se merece una oportunidad. Y si lo trincan los maderos y lo empapelan, quedará marcado para siempre. Espero poder hacerle recapacitar, que cambie su modo de pensar. ¿Y qué le voy a decir a Sara? Ella sí va a sospechar cuando se entere de que me han herido, no se va a tragar la versión oficial. En realidad ya andaba con la mosca detrás de la oreja. Y con la imaginación detectivesca que tiene, le dará mil vueltas a la cabeza. Tengo que decirle la verdad. Jorge ha estado engañándola todo el tiempo, porque, si Sara supiera cómo piensa y a qué actividades se dedica su grupo, lo dejaría, seguro. Ella, que precisamente piensa todo lo contrario, que es como la madre Teresa, que se compadece de todo el mundo... Espero que no crea que me lo invento para ganar puntos. Aunque, en realidad, fue ella quien me pidió que lo espiara, y yo acepté. ¿Por qué lo hice? Porque escalaría hasta la luna si ella me lo pidiera, por eso. En menudo follón me he metido, tronco. ¿Qué preguntas me hará la poli? Espero no contradecirme y que no se me note. A ver si empiezo a sudar y a ponerme colorado como cuando copio en un examen. Ahora me haría falta el aplomo de Dani. ¿Qué pensará él de todo este tomate? Con la manía que le tiene a Jorge...

Me debí de dormir, porque me despertó la voz del médico.

–¿Qué tal Andrés? ¿Se te pasó el dolor?

–¿Qué dolor? –pregunté totalmente sopa. En ese momento estaba besando a Sara.

–Si lo preguntas es que ya no lo sientes. Oye, está aquí el inspector de policía, quiere hacerte unas preguntas. Luego, puedes marcharte ya a casa, está todo bien. Aunque hablaré con tu madre para que hagas reposo unos días, ¿eh? Inspector, cuando guste –dijo volviéndose hacia él.

Era un tipo delgado, de estatura mediana, con bigote y el pelo canoso. Se acercó a mi cama y se sentó en la única silla que había.

–¡Hola, Andrés!, soy el inspector Sánchez –dijo alargándome la mano y esbozando una sonrisa. Se veía que le costaba sonreír por su talante más bien serio y reservado–. Fuiste muy valiente arriesgando tu vida.

–Hice lo que habría hecho cualquiera en mi lugar –respondí.

–No lo creas; la mayoría habrían huido –me aseguró–. Me gustaría decirte que habría sido mejor que hubieras pedido ayuda. Pero, en ese caso, seguramente se habrían cargado al marroquí. ¿Podrías identificar a alguno de ellos? –me preguntó de sopetón.

Me quedé lívido, macho. Y mira que me había preparado el discurso mil veces.

–¿Podrías describirlos? ¿Algo que te haya llamado la atención? –insistió en vista de mi silencio.

–Solo me fijé en la navaja... Fue todo muy rápido y estaba muy oscuro –dije finalmente recitando de carrerilla la lección aprendida–. Cuando me quise dar cuenta, ya no estaban –añadí observando el efecto que causaban en él mis palabras.

Pero el tío no movió ni un músculo de la cara, parecía una careta.

–Lo mismo dijo tu compañero. Bueno, es normal en situaciones de pánico o de mucha tensión no recordar nada. Tampoco el marroquí recuerda la cara del que te hirió. Me da la impresión de que tiene miedo a hablar.

Me quedé lívido. Ni Jorge ni yo nos habíamos acordado de que la policía también interrogaría a Abdullah. Y si los cogían, ¿dirían que Jorge era uno de ellos? ¿O que yo también iba con ellos? Cada vez se complicaba más el asunto.

–Te dejo mi teléfono por si recuerdas algo más, Andrés –dijo alargándome una tarjeta.

Macho, a partir de ahora tendría que vivir con el miedo y la culpa. Miedo a encontrarme con esos gorilas en cualquier esquina; miedo a que vinieran a por mí; miedo a tener que reconocerlos en un juicio... Y por otro lado, me sentía culpable por no contar la verdad; esos tíos seguirían sueltos, aterrorizando a los pobres emigrantes. Sentí ganas de gritarle al inspector que volviera atrás, que le había mentido, que quería cambiar mi declaración; pero tenía un nudo en la garganta.

–¡Qué buenas noticias! –dijo mi madre en cuanto se marcharon los dos–. Voy a llamar a papá para que venga a recogernos. Tus hermanos están deseando verte. No sabes lo preocupada que está Paula, ya sabes lo que te quiere.

–¿Entonces, me visto ya? –dije incorporándome y apartando las sábanas.

–Hijo, espera, que no tienes ropa. La de ayer está manchada de sangre. Ahora te traerá papá ropa limpia.

Papá..., ropa limpia... Mi mente se echó a la mar en calma, a navegar plácidamente por esos recuerdos familiares que hacen que te sientas vivo: nuestras famosas peleas, mi padre desmenuzando los partidos de fútbol con minuciosidad de contable, mi madre hablándonos de sus bichitos del laboratorio casi como si fueran sus hijos, o sea, nosotros, Retoñito paralizando la Castellana montado en su delfín, Sara y yo comiendo paquetes y paquetes de pipas... Quería disfrutar a tope de esos momentos mágicos, de ese trocito de cielo azul que se asomaba por la ventana, de los rayos de sol que caían sobre mi cama, del olor de la primavera, de las risas con los compañeros...

23

¿Has tenido alguna vez la sensación de volver a nacer? ¿La sensación de haber estado reencarnado en otra persona y haber vivido otra vida distinta a la de siempre? ¿La sensación de haber estado siglos sin pisar la calle? Eso era lo que me ocurría, y total, solo llevaba una noche en el hospital. Me sentía débil y fuerte a la vez, ese estado contradictorio de nata-fresa que me invadía de vez en cuando. Tenía las piernas flojas, pero unas ganas enormes de salir corriendo. O de patinar, como esos chavales que estaban cruzando el paso de peatones a toda pastilla. La ciudad me parecía nueva, como si fuera la primera vez que la contemplara. Hacía un calor casi de verano.

–Podíamos ir a comer a la Casa de Campo –les propuse a mis padres llevado de mi euforia.

–Pero, Andrés, qué cosas se te ocurren –exclamó mi madre–. Ya has oído al médico, tienes que estar unos días de reposo.

–Pues por eso lo digo, ¿te parece poco reposo estar tumbado en la hierba?

–Hombre, si lo que echas de menos es la hierba, podemos darte pasto de comida –dijo mi padre haciendo un chiste de los suyos.

Le devolví la pelota.

–Con el hambre que tengo, nada de pasto, lo que quiero es comerme una vaca entera. ¡Uf!, dos días más en el hospital y termino anoréxico. Con la disculpa de que estás enfermo, te matan de hambre y así les queda una cama libre.

–Hablando de comida, ¿les has dicho a los niños que preparen algo? –le preguntó mi madre aterrizando de pronto–. Había dejado unas chuletas en la nevera...

–¡Mmm, chuletas! Espero que Carlos no se las coma todas. Porque, mamá, no sé lo que tomaste durante su embarazo, pero has criado un auténtico orangután.

–Yo sé de otro que está relacionado con él por lazos de sangre y que no se queda corto –se rió mi madre.

–Si lo dices por mí, no me doy por aludido –dije haciéndome el ofendido.

–No te des, hijo. Alguien que desayuna ocho tostadas con mantequilla y un tarro entero de mermelada, dos cuencos de cereales con leche y un litro de zumo, no es un orangután, es un hipopótamo –dijo mi padre con su especial sentido del humor.

–Bueno, bueno, hay que ver cómo os ponéis; estoy creciendo, ¿no? –me defendí.

Pero ya habíamos llegado, ahí estaba mi casita. Estaba deseando ver a mis hermanos. Y eso no era lo normal, debía de tener fiebre.

–¡Carlos, Paula, ya estoy aquí! –grité anunciando mi llegada.

Silencio sepulcral.

–A lo mejor han salido –dije decepcionado.

–Me parece muy raro, estaban deseando verte –comentó mi padre.

–Bueno, pues yo tengo que comer algo o me voy a desmayar –dije dirigiéndome hacia la cocina.

La cocina estaba a oscuras, con las persianas bajadas. ¡Huy, huy, huy!... Algo tramaban mis queridos hermanitos... Encendí la luz con miedo a alguna de sus bromas.

–¡Sorpresa! –gritaron los dos a la vez disfrazados con delantales y gorros de cocinero.

Carlos tenía entre sus manos una fuente con chuletas y patatas recién fritas, y Paula una ensaladera enorme rebosando espaguetis *carbonara*. Los dos se pusieron a cantar: «Es un muchacho excelente, es un muchacho excelente...».

No sabes cómo me emocionó, tronco. Paula dejó los espaguetis y me dio un abrazo que me hizo ver las estrellas de todo el firmamento.

–¡Ay! –grité–. Cuidado con la herida de guerra.

–Lo siento, Andrés, ¡qué bruta soy!, perdóname. ¿Te he hecho mucho daño? Estoy tan contenta de verte...

–Si me vais a recibir así, dejaré que me apuñalen todos los días...

Al segundo, éramos la familia bien avenida de siempre: engullíamos como trogloditas, nos quitábamos la palabra al hablar, nos abalanzábamos sobre las fuentes para repetir... Hogar, dulce hogar.

–Verás cuando se enteren en el instituto de que has salido en el periódico –dijo Paula contemplándome como al héroe que acaba de volver del frente.

Me quedé rígido, macho.

–¿En el periódico? –repetí.

–Sí, no viene tu nombre completo, solo las iniciales, pero se sabe que eres tú. Mira –dijo mostrándome orgullosa la hoja de sucesos.

Mi madre advirtió mi preocupación.

–Hijo, tranquilo, seguro que los cogerán.

¿Los cogerán? ¿Quería que los cogieran? De nuevo se me aparecieron sus caras, tronco, ¡qué pesadilla! Los tenía frente a frente y tenía que declarar: «Sí, son ellos, señor juez». «No, señor juez, no los conozco, no los he visto en mi vida...».

–Y ahora la traca final –nos anunció Paula excitada–. Andrés, cierra los ojos y no los abras hasta que yo te diga.

Tengo que hablar con Jorge. Lo convenceré para decirle la verdad al inspector. Después de todo él no hizo nada y es menor de edad. Esos tíos le lavaron el cerebro...

–Ya puedes abrirlos. ¡Tachán!

Delante de mis narices tenía la copa de helado más grande que había visto en mi vida. Paula se había aplicado a fondo y le había puesto un surtido completo: fruta, almendras, varias bolas de helado de distintos sabores, chocolate derretido, toneladas de nata y hasta gominolas. Mi hermana esperaba impaciente mi reacción.

–¡Qué bárbaro, Paulita, esto no es una copa, es el Empire State hecho helado! Ya la puedes patentar, porque, si la ven los de VIPS, te la copian.

Observé que le había encantado mi comentario. Le brillaban los ojos. Seguimos felicitándola por aquel monumento que se derretía en nuestras bocas mientras ella se derretía con nuestros halagos.

–Esta niña tendría que poner un restaurante, papá. Nos forraríamos –dije yo paladeando una cucharada de helado de fresa con un trozo de plátano–. Está de muerte.

–El negocio lo debería poner mamá con la crema que me hizo para quitarme el eccema que tenía en la cabeza –replicó ella–. Mira, ya no tengo nada.

–Niña, no nos eches encima tus piojos –protestó Carlos, que se pasaba la vida obsesionado por los gérmenes y demás.

—Oye, que yo no tengo piojos –protestó Paula.

—No sería mala idea lo de la crema –dije retomando la idea–. Yo estoy dispuesto a venderla en el instituto y llevarme el 50 % de comisión.

—Tú lo que eres es un jeta, un ave carroñera –me piropeó Carlos–. Pero, hecho ese inciso, tengo que decir que eso de las cremas es un negocio redondo. Solo surtiendo a la familia de Paloma se puede hacer el agosto. No sabes la de potingues que hay en el cuarto de baño de su casa. Claro, con cuatro mujeres que son. Que si para la cara, que si para los ojos, que si para el tobillo, que si para el pelo... Chaval, que resulta difícil encontrar la pasta de dientes. Y encima, te cuestan una pasta. Con dos tarritos de nada se te van cinco talegos y no te enteras.

—Es verdad –lo apoyó mi madre–. En realidad lo que estás pagando es el *marketing*, lo mismo que ocurre con los perfumes. Es la tiranía de las multinacionales, porque la fabricación es bien barata.

—¿Y por qué no te haces tus propias cremas? –sugirió Paula–. Con el dinero que ahorrarías, podrías aumentarme la paga.

—No te pierdes una, ¿eh, niña? –le soltó Carlos.

—Sí, podría hacerlas –respondió mi madre–, pero para mí sola no resultaría rentable. Tendría que comprar los productos base en grandes cantidades.

Entonces intervino mi padre, que estaba muy callado hasta el momento.

—Para ti sola no, pero sí que podemos hacerlas para más gente y montar un pequeño negocio de cremas.

—Como tengo poco con mis microbios... –comentó mi madre riéndose.

—Hablo en serio –dijo mi padre.

—Entonces quiero mi comisión por la idea –saltó la buitre de Paula.

–Tú estás en el equipo, también tendrás que trabajar –le advirtió mi padre–. Todos vamos a trabajar. Es un negocio familiar.

Yo dudaba si hablaba en serio o si era una de sus bromas.

–¿Lo dices en serio? –insistí incrédulo.

–Y tan en serio. Voy a hacer un plan de lanzamiento para ver si resulta rentable. Y si es así, invertiremos parte de la indemnización que me han dado en la empresa. Lo empezaremos vendiendo entre la gente que conocemos y en las droguerías del barrio. Si va bien, más adelante, montaremos nuestra propia tienda. Así que ya podéis ir pensando en un nombre. Y tú, Andrés, ponte a diseñar un logotipo.

Hacía meses que no veía así a mi padre, estaba que le estallaba la camisa de euforia. A partir de entonces, no se habló más que de hidratantes, nutritivas, colágeno y retinol. Si no es por mí, que estaba saturado de tanta crema, se olvida hasta del partido. A los cinco minutos de haber encendido la tele, sonó el teléfono.

–Es para ti –me dijo Carlos–, un tal Sergio. Por cierto, se me olvidó decirte que te llamó el otro día.

–¿Qué día? Era una llamada importante –le advertí molesto.

–Una llamada importante –repitió con retintín–. Hasta los gatos quieren zapatos.

–Eres imbécil, chaval. A ver si te crees que tú eres el único importante. Llevo meses esperando esa llamada –exageré.

–Bueno, ¿te pones o qué?

Cogí el teléfono conteniendo la ira que sentía en ese momento contra mi hermano. Menuda nos armaba él como nos olvidáramos de darle un recado. Y total, los únicos que tenía eran los de Paloma, su novia, y los de algún compañero de la facultad.

–¿Sí?

–Andrés, soy Sergio, tengo buenas noticias –me anunció–. Te llamé el viernes, pero no estabas.

–Mi hermano se olvidó de darme el recado... –balbuceé.

–No te preocupes. Si quieres, acércate esta tarde a mi casa y te cuento las gestiones que he hecho.

–Es que verás... Yo... Anoche me hirieron y el médico me ha ordenado reposo.

–¿Qué me dices? ¿Cómo ha sido? ¿Estás bien?

–Me clavaron una navaja en el hombro izquierdo y han tenido que operarme, pero estoy bien –dije sin darle importancia, como si eso ocurriera cada día.

–Pero, ¿por qué te la clavaron?

–Me metí a defender a un marroquí, al que estaban amenazando con pincharle una banda de neonazis, y me pincharon a mí.

–Fuiste muy valiente, Andrés, pero no debías haberte arriesgado, esa gente es muy peligrosa.

¿Cuántas veces iba a tener que repetir la misma historia? Una historia de la que solo contaba una pequeña parte. Cuantas más veces la contaba, más problemas de conciencia me creaba. ¿Estaba bien mentir para salvar el pellejo a otra persona? ¿Y si salvando el pellejo de Jorge, estaba poniendo en peligro la vida de otra gente?

–Andrés, ¿sigues ahí?

–Sí..., claro..., perdona... No te he oído bien... –balbuceé aturdido.

–Te preguntaba si te apetece que me acerque a verte con Irene y así te cuento las novedades.

–Por mí, fenomenal, pero no quiero que os molestéis...

–¿No somos amigos?

–Claro.

–Pues, entonces, no se hable más. Sobre las ocho estaremos ahí.

Al colgar, me di cuenta de lo imbécil que había sido. ¿Por qué no le pregunté en qué consistían las buenas noticias? Mira que si me publicaban los cómics de Retoñito... Ya lo estaba viendo anunciado con luces de neón y vestido de esmoquin en Hollywood al lado de la Elle Mc Pherson; le llegaría más o menos por el tobillo ¿O serían las tiras de los árabes? Pinto, pinto, gorgorito... Andrés, tranquilo, no despegues los pies del suelo –me sopló al oído el Pepito Grillo aguafiestas de las narices–. Anda que si solo fueran buenas palabras del tipo: «tienes talento, sigue trabajando, tú llegarás...». Vaya palo. Pero eso no son buenas noticias, ¿o sí? ¡Ostras, las seis y media! Todavía me queda hora y media para comerme a fondo el tarro. ¿Cómo he podido ser tan estúpido? Me dice que tiene buenas noticias y, en lugar de saltarle al cuello para preguntarle cuáles son, me quedo más pasmado que un poste de teléfono. No tengo remedio...

–Andrés, ha marcado el Depor.

–Voy, papá.

24

Cuando Sergio me dio la noticia de que una editorial quería publicar mis cómics en sus libros de texto, sentí que el mundo era una piruleta gigante que se derretía en mi boca. Por fin tenía mi talismán. Ostras, qué sensación, ni la montaña rusa... Se te dispara la adrenalina hasta Marte, el pulso se te pone a doscientas pulsaciones por minuto y la olla te da vueltas a la velocidad del sonido. Ya me veía firmando autógrafos a la entrada del instituto, con todas las niñas rendidas a mis pies, tronco, aunque Sergio se empeñaba en hacerme ver el volumen de trabajo que me iba a suponer: «El verano entero trabajando, Andrés, piensa que, para hacer los cómics, tienes que estudiarte cada una de las unidades, y son doce por cada asignatura»... Doce tiras por tres asignaturas por dos cursos hacen un total de... todas las horas del mundo. Me veo en la playa con una carretilla de libros. ¿Y qué? ¿No me lo pasé bien haciendo el trabajo de Historia? Me lo pasé cojonudo, fenomenal, genial, estupendo, fenómeno, de maravilla, la berza, guay, superguay... (Anda que la de sinónimos que he soltado en un segundo. Irene alucinaría). Estaba eufórico.

En cambio, Retoñito me lanzó una mirada de súplica, ¡pobre!, abandonado con su delfín en mitad de la Castellana, teniendo que hacer frente a todos esos cretinos que no paraban de meterse con él... Los de Trex aún no habían contestado. No importa, Retoñito, yo nunca te abandonaré, juntos hasta la muerte, he dicho. Los que sí se alegraron fueron mis padres. Hombre, tú dirás, tenerme todo el verano empollando... aunque sea de cursos anteriores. «Te vendrá fenomenal, Andrés, ese es el auténtico estudio, cuando uno tiene que investigar y, además, te servirá de repaso.» Bueno, qué le vamos a hacer, a partir de ahora Andrés Díez se convertirá en un erudito, en una enciclopedia andante, en un pozo de sabiduría. Mi hermanita ha prometido ayudarme, menuda paliza me da constantemente con el tema, vamos que no me la despego ni para ir al meódromo. Entre hacer de madre Teresa con su herido de guerra, que soy yo, e imaginarse de hermana del Pantojo... Menos mal que hoy ha tenido que ir al instituto y me ha evitado cometer un asesinato. En cambio Carlos se ha quedado con cara de si-no-lo-veo-no-lo-creo. Me parece que incluso está algo celosillo. No me extraña, él, que está acostumbrado a ir de prepotente y a aplastarme cual hormiga... Pero alguna vez tenía que ser yo la estrella, ¿no?

–Andrés, ya estoy aquí.

¡Socorro, no es posible! Se acabó la paz. Ya ha regresado la lapa a su roca.

–Pero, niña, ¿cómo has vuelto tan pronto? ¿Qué hora es?

–La de siempre a estas horas. Bueno, quizá un poco antes, no veas cómo he corrido. Es que quería llegar cuanto antes para contarte la que se ha armado en el instituto con la noticia.

–¿Qué noticia? –pregunté pensando en un nuevo suceso.

–¿Cuál va a ser? ¿Estás lelo total? ¿No sabes que eres el héroe del instituto? Todo el mundo habla de ti.

¡Madre mía!, la que habrá montado esta niña, con lo novelera que es. Sálvese quien pueda.

–Todo el mundo venía a preguntarme, Andrés; ha sido alucinante. He tenido que repetir la historia lo menos cien veces. Incluso a los profesores –dijo orgullosa.

–¿Qué habrás contado?

–Qué voy a contar. Lo que pasó, todos los hechos con pelos y señales.

¿Con pelos y señales? Si supiera la de pelos y señales que faltan en la versión que he contado... Qué angustia me entra cada vez que lo pienso, tronco, no puedo ni respirar.

–¿Has visto a Jorge en el instituto?

–No ha ido a clase. Debe de estar todavía bajo los efectos del *shock*.

–Voy a llamarlo.

–Espera que te sigo contando. Sara me ha dicho que vendría a verte esta tarde, parecía muy preocupada.

Tengo que hablar urgentemente con Jorge. No podemos tener trescientas versiones de lo ocurrido según para quién...

–¿Es que me vas a seguir a todas partes? –dije molesto por el acoso de mi hermanita.

–¿Qué pasa, no puedo escuchar? ¿Vas a tener secretos con tu jefa de prensa?

–Mira, Paula, esto no es un jueguecito de niñas. Anda, déjame un rato, ¿quieres?

–Bueno, luego te sigo contando –dijo resignada al ver que yo iba en serio.

Marqué el número de Jorge, acojonado. Si no había ido al instituto era porque tenía miedo de esos gorilas. Y si tenía miedo, es porque había motivos para tenerlo. ¿Le habrían amenazado?

–¿Está Jorge?

–Todavía no ha llegado del instituto, pego debe de estagg a punto. Egges Andggrés, ¿no? ¿Qué tal todo, bien?

¿Qué tal todo? Estaba claro que Jorge aún no le había dicho a su madre nada de lo ocurrido, ni siquiera la versión oficial, y encima, no había ido al instituto... ¡Huy!, eso me daba mal rollo, tronco. ¿Dónde diablos estaría?

–¿Podrías decirle que me llame cuando llegue? –le pedí.

–Claggo, no te pgreocupes, Andgrés, yo se lo diggé. Saluda a tus padgres de mi pagte.

–Sí, vale, adiós.

¿Le habrá pasado algo? ¿Y por qué no le habrá dicho nada a su madre? Verás el susto que se pega la pobre cuando tengamos que ir a declarar si los cogen, con lo buenaza y lo ingenua que es. ¡Buf!, el teléfono, menos mal, debe de ser él...

–¿Jorge?

–Ya veo que no era mi llamada la que esperabas.

–Perdona, Belén, creía que sería él. Acabo de telefonear a su casa y me ha dicho su madre que me llamaría en cuanto llegara...

–¿Estás bien, Andrés? No sabes lo culpable que me sentí por haber tenido que dejarte plantado el sábado. Si hubiéramos salido juntos, seguramente no te habría pasado nada.

–¿Nada, dices? El fotógrafo me habría mandado de un derechazo a la luna. Y ese tío está cachas, y...

–¿Sabes que me ha pedido el teléfono? Hemos quedado para este viernes –me interrumpió y siguió hablando llena de entusiasmo como una ametralladora, sin dejarme meter baza–: Vino hoy al instituto para hacernos las fotos. El tío está como un tren, todas las chicas flipaban con él. Por cierto, también me pidió tu teléfono, se enteró de tu hazaña y quieren hacerte una entrevista. Además, el periodista quiere disculparse con Jorge por haberle llamado nazi. Cuando se enteró de que iba contigo y que fue él quien avisó a la policía para llevarte al hospital...

–¡Eh, tú, Big Mac!, deja de disparar palabras. ¿Cuántas noticias por segundo crees que puede asimilar un cerebro normalito?

–Tonto, ya sé que has ganado la apuesta, no hace falta que me lo restriegues. Oye, ¿sabes que tenías razón?, creo que el fotógrafo me gusta –dijo con voz misteriosa.

–Bueno... en fin... uno que tiene psicología para esas cosas... –dije en plan pedante–. Pero, tonta, si se veía a mil kilómetros de distancia –le grité perforándole el oído.

–¡Jo, qué vergüenza!...

–Vaya, y ahora hazte la tímida. Pero qué morro tienes.

–Venga, Andrés, menos cachondeo, ¿eh? Encima que te cuento un secreto...

–Vaya, lo que hay que oír. Cuando fui yo quien te lo anunció, quien te dijo que era tu tipo, que te pediría salir... A ver si te voy a reclamar una comisión, ¿eh?

–Buitre sin entrañas, ave carroñera, ave de rapiña, te ajustaré las cuentas en cuanto se te pueda visitar. En el instituto nos han dicho que no nos descolguemos todos por tu casa a darte la paliza, que necesitas reposo.

–¿Conque esa es la disculpa para no venir a verme? Claro, como ahora ya tienes a tu fotógrafo...

–Hay que ver cómo eres, ¿eh?

–Tonta, que me estoy metiendo contigo. Por cierto, ¿sabes algo de Jorge?

–No ha venido hoy a clase, supongo que se estará recuperando del susto, o lo mismo huyó del tercer grado al que le íbamos a someter, ya sabes cómo es de reservado. Si ya a tu hermana le dimos la paliza, imagínate si hubiera estado él, que fue testigo de los hechos.

–Quizá tengas razón. Oye, te dejo, no vaya a ser que esté intentando llamarme. Adiós, Belén.

–Adiós, héroe, cuídate mucho.

Nada más colgar, me acordé de que no le había dicho nada de mi trabajo veraniego. Pero el teléfono volvió a sonar. Esta vez estaba seguro de que era Jorge; aunque, por si acaso, no dije su nombre.

–¿Sí?

–Qué, colega, a ver cuándo te dejas ver, que el instituto cada día se parece más a una tumba.

–Dani, qué alegría oírte, tío. Oye... yo... siento que nos hayamos peleado...

–¿Pero qué dices, quién está peleado? Digamos que tu escudero se tomó unas pequeñas vacaciones, pero ya se me han acabado, chaval. Además, necesito un profe si no quiero catear todas en junio y me han dicho que tienes un método de estudio que no falla...

–Ya veo que me andan difamando a mis espaldas.

–Los héroes también tienen su cruz.

–¡Uf!, ya veo que voy a tener que emigrar una temporadita.

–Si lo haces al Caribe, acuérdate de tu escudero, no me vendrían mal unos días de playa. No sabes cómo está la Rambo, macho, ha debido de tomar alguna solución alcalina de esas que tanto le gustan y nos lleva a todos con la lengua fuera. Y luego está el Puella que, de pronto, se ha dado cuenta de que nos faltaba todavía la mitad del programa y nos ha amenazado ya con dos controles. Por no mencionar al Sátrapa. Hoy se ha puesto a preguntar y se ha liado a poner ceros. Como no ocurra un milagro, me veo repitiendo curso, tronco.

–De eso nada, tú espera a probar mi método, es mejor que el Mortadelo y Filemón. Y los suspensos, ni mentarlos, que me ha salido curro este verano y tengo que acabar con el curso limpio.

–¿Qué clase de curro?

–Hacer unos cómics para los libros de texto de una editorial. Por lo visto les han gustado los que les presentó el marido de Irene y quieren utilizarlos como cierre de cada unidad.

–Por fin alguien ha reconocido tu talento, tronco, si necesitas un ayudante, ya sabes.

–Vale, te tomo la palabra. Luego no puedes echarte atrás, ¿eh?

–Venga, chaval, cuídate. Cuando puedas recibir visitas, me pasaré por ahí. Abur.

–Adiós, Dani.

25

No me esperaba la llamada de Dani, ¡qué alegría, tronco!, por fin volvemos a ser amigos. Nunca sabes lo que piensa, en cuanto intentas profundizar un poco, en seguida se pone el caparazón. Y no es que sea un tío superficial, que a veces tiene unos pensamientos la mar de profundos, pero huye de los sentimentalismos. Aunque yo sé que es pura pantalla. Es como si necesitara mantener esa imagen de duro que se ha fabricado. Ojalá decida hincar los codos en serio. A ver si entre junio y septiembre consigue aprobar todas y no tiene que repetir curso. Y a ver lo que le digo yo a Sara, ¡cuánto está tardando! No quiero preguntarle a mi hermanita a qué hora le dijo que vendría. Por fin he conseguido darle puerta, lo que me ha costado; hasta he tenido que prometerle llevarlas un día al cine a ella y a Andrea. ¡Qué cruz con la niñita!... El timbre, debe de ser ella. Paula ha salido disparada. Y ni siquiera me he peinado. Y tampoco me he afeitado estos cuatro pelos de chivo de la barba. Debo de tener unas pintas...

–¡Hola, Andrés! –dijo de pronto echándome encima su melena dorada con olor a limón.

–¡Aaay! –exageré la nota al presionarme ligeramente la herida.

–Andrés, perdóname, ¡qué torpe soy! ¿Te he dado en la herida? Pobrecito, ¿te duele mucho? ¿Cuántos puntos te han dado?

–Tropecientos –dije con voz de ultratumba–. Tenía rotos un montón de tendones y ligamentos.

–Es verdad –corroboró mi hermana–. Estuvo más de una hora en el quirófano.

Yo le agradecí su complicidad y su interés por mí, pero la mandé de nuevo a hacer sus deberes. Sara puso su mano sobre la mía.

–Andrés, no sabes cómo siento que te haya pasado esto por mi culpa –dijo llorando.

Tenía miedo de que, al decir cualquier cosa, me soltara la mano.

–Venga, boba, hay que ver cómo os gusta a las tías acaparar el protagonismo. Lo mismo me dijo Belén.

–Sí, estaba hecha polvo –dijo sin soltármela–. No paraba de repetir: «Ojalá no hubiera anulado la cita. Si hubiéramos salido, no habría pasado nada». Andrés, cuánto lo siento, de verdad.

–Tonta, no llores, tú no tienes nada que ver con esto. No puedes culparte porque salga a la calle y me caiga un ladrillo encima, o me atropelle un coche, o me resbale con una piel de plátano...

–No es lo mismo, esto no ha sido un ladrillo ni una piel de plátano. Dime la verdad, Andrés, los que te clavaron la navaja eran del grupo de Jorge, ¿no? A mí no tienes que contarme la versión oficial –dijo muy seria soltándome la mano.

Apenas la escuché. Si ella supiera el efecto que me producía. Estaba a punto de rozar la luna. No me apetecía hablar, lo único que quería era que no retirara su mano, abrazarla, besarla...

–Andrés, por favor, dime la verdad, necesito saberla –dijo presionándome ligeramente el brazo no lisiado.

Noté un cosquilleo que me recorría la nuca, me sentía incapaz de contarle lo que había ocurrido.

–Sara, yo... ¿Por qué no le preguntas a Jorge qué pasó? –dije poniendo mi mano izquierda sobre la suya.

Mi brazo. Su mano. Mi mano. Nosotros, Sara y yo. ¿Sentiría ella el mismo cosquilleo?

–Le he llamado a casa, pero no está. Y tampoco ha aparecido por el instituto... Estoy preocupada, Andrés, por favor, dime la verdad, ¿qué ocurrió el sábado?

No podía engañarla y además yo mismo necesitaba consejo. Se lo conté todo, ¿qué iba a hacer? Estaba hecho un flan, y Jorge no aparecía por ninguna parte... Se quedó muda unos instantes y luego recuperó el habla.

–Ya te dije que últimamente lo notaba muy raro... Lo que más me duele es que me haya engañado. No entiendo por qué no me dijo nada, ni siquiera lo de su padre.

–Escucha, Sara, él no es como esos nazis de mierda. Yo creo que le han lavado el cerebro aprovechando el trauma que tiene con lo de su viejo. Lo que tenemos que hacer es convencerlo para declarar en contra de esos criminales. No podemos dejar que sigan haciendo el bestia por ahí. Te digo que es difícil cazarlos como alguien no los denuncie. Esos tíos son muy peligrosos.

–¿Crees que han podido hacerle algo?

–No creo, date cuenta de que lo consideran uno de ellos.

–Pero se puso de tu parte.

–En eso tienes razón.

Nos quedamos callados un rato. Los dos estábamos pensando lo mismo.

–¿Sabes una cosa? –le dije casi al oído.

–¿Qué?

–Me alegro de que estés aquí. Me sentía muy solo.

Entonces ella fue y me besó, en serio, no son alucinaciones mías. Ocurrió de verdad. Me besó en los labios. Y su beso sabía a merengue de fresa. Me quedé como un muerto, casi sin respirar. Temía romper la magia del momento. Pero la revientafiestas de mi hermanita entró en ese preciso momento, la habría matado.

–¿Interrumpo algo? –dijo al darse cuenta de la situación y rápidamente añadió–: Es que está Jorge al teléfono. Yo no quería avisarte, pero me ha dicho que era muy urgente.

Mi hermana acababa de salvar el pellejo. Sara y yo salimos disparados hacia el teléfono.

–¿Jorge?

–Andrés. Me han..., me han...

–Jorge, ¿qué te pasa? ¿Dónde estás?

–En... en... una cabina, cerca de tu casa... Necesito verte, Andrés, pero... ábreme tú la puerta... No quiero que nadie más me vea. Adiós.

–¿Qué pasa? Te has quedado blanco –dijo Sara demudada.

Sí. Era como si me hubieran abierto algún tapón y toda la sangre de mi cuerpo me hubiera abandonado de repente. Estaba a punto de caerme.

–Siéntate, Andrés.

–Creo que esos cabrones le han hecho algo, casi no podía hablar, parecía muy angustiado. Tenemos que abrirle nosotros. No quiere que le vea nadie. ¿Qué le habrán hecho?

–No te preocupes, Andrés. Por teléfono siempre parecen peores las situaciones.

–El siguiente seré yo. Y a mí me matarán, seguro, no quieren testigos.

–Venga, no dramatices. Hablas con el inspector y, si hace falta, que te pongan guardaespaldas hasta que los cojan.

–Oye, Sara, ¿no podías distraer a Paula para que no meta las narices hasta que estemos en mi cuarto? Luego vienes y cerramos con llave. Carlos nunca sale de su cuarto como no haya un bombardeo y le caigan los cascotes por encima. Y mis padres han salido, menos mal. ¡Ojalá tarden!

Me comía la impaciencia. Fueron unos segundos eternos. Cada vez que oía el ascensor, se me tensaban todos los músculos del cuerpo. Ya está aquí, esta vez es él, seguro...

–¡Dios mío, Jorge!, ¿qué te ha pasado? ¿Qué te han hecho?

Tenía la cara desfigurada, muy hinchada y con moratones. Un ojo apenas se le veía.

–Andrés –dijo abrazándome y se echó a llorar.

–Ven a mi cuarto, anda, está aquí Sara.

–¿Sara? –dijo dando un respingo.

–He tenido que contárselo todo, Jorge. Me había comentado que estaba preocupada porque últimamente te notaba muy raro; sospechaba del grupo...

Lo conduje hasta mi cuarto como a un autómata. Parecía muy traumatizado. En seguida vino Sara.

–¡Jorge! –gritó y se abrazó a él llorando

Mi hermana empezó a aporrear la puerta.

–¿Qué pasa? ¿Por qué habéis cerrado? Andrés, ábreme.

–Paula, luego te lo contaré, déjanos ahora, por favor.

Estaba seguro de que escucharía detrás de la puerta. Por eso les pedí que hablaran en un susurro. Jorge nos contó lo ocurrido. No fue fácil seguir su discurso, apenas conseguía hilar dos palabras sin echarse a llorar. Esos criminales le habían salido al encuentro cuando iba hacia el instituto y le habían arreado una paliza bestial. Lo metieron en un portal, lo tiraron al suelo y empezaron a patearle en la cara con las botas que llevaban, amenazándolo de muerte si se iba de la lengua.

–¿Pero dónde has estado hasta ahora? –le interrogó Sara.

–Me puse la cazadora por encima de la cabeza para que no me viera la gente y esperé a que mi madre se hubiera marchado de casa. Poco antes de que llegara, me fui al Retiro, no quería encontrarme con ningún poli. No sé qué voy a hacer...

–Jorge, esto es muy serio, ya ves que no se andan con bromas, pueden volver a darte otra paliza. Es mejor que llamemos al inspector Sánchez y le contemos la verdad.

–¡Estás loco! ¿Quieres que me empapelen?

–No pueden hacerlo, eres menor y además tú no hiciste nada, esos tíos te lavaron el cerebro.

–Bueno, fui testigo de amenazas.

–Por eso no meten a nadie en la cárcel, sobre todo cuando ha habido un arrepentimiento –le dije.

Eso lo tranquilizó. Ahora parecía bastante convencido, pero lo que más le preocupaba era el disgusto que le daría a su madre.

–No te preocupes, yo la llamo para que venga aquí y te ayudo a explicarle lo sucedido. Además te debería ver un médico –dije preocupado por su aspecto; era terrible.

En cuanto salí del cuarto para telefonear, vino mi sombra detrás, o sea, mi hermanita.

–¿Qué pasa con Jorge?

–Ya has estado con la antena puesta, ¿no?

–¿Por qué le han pegado? –insistió inasequible al desaliento.

Tuve que hacerle un resumen rápido para que me dejara en paz. A continuación marqué el teléfono de Jorge, me temblaban los dedos...

–Soy Andrés. Jorge ha tenido un pequeño contratiempo...

–¿Qué le ha pasado a Jorgge? ¿Está bien?

Estaba muy nerviosa. Yo no sabía si mentirle o prepararla para el choque que iba a sufrir cuando lo viera.

–Sí..., bueno..., regular...

–Voy paga allá ahoga mismo.

Poco antes que la madre de Jorge, llegaron mis padres, luego llegó el médico y el inspector... Menudo follón se armó. Tuvimos que repetir la historia más de veinte veces. La madre de Jorge lloraba. Jorge lloraba. Nosotros llorábamos al verlos llorar...

26

Después de la tensión y el miedo de los últimos días, he entrado en un estado de levitación total. Me siento como si me hubieran lavado por dentro, tronco, con una paz enorme. Por fin han cogido a esos criminales, gracias a los datos que dio Jorge a la policía. Ahora queda declarar en el juicio, pero todavía está lejos. Jorge está yendo a un psicólogo. Se ríe mucho más y se le ve más relajado. Sara sigue con él, yo creo que no se atreve a dejarlo en semejante trance, le da pena. Pero, al menos, ella y yo hemos recuperado la complicidad de antes. ¿Quién sabe? Quizá algún día volvamos a salir. Yo no pierdo la esperanza. ¿Acaso no es lo último que se pierde? Ahora me paso el día con Dani, no veas lo que estamos estudiando, tronco. Aunque cualquiera que nos viera diría que eso es lo último que estamos haciendo, porque no paramos de reírnos, es un ganso, con él es imposible estar serio más de dos minutos y a mí me contagia su locura. Hemos hecho montañas de cómics, son una pasada. Le he hecho mi socio, aporta ideas de Guiness. Tenías que ver a Isabel y Fernando tirándose del moño por culpa de Cristóbal Colón, tronco: Fernando dice que de darle pasta para los viajes, nones, que ese tío es un aventurero de tres al cuarto y se ventila el oro en un pispás. Pero buena es Isabel, lo acusa de paleto, de falta de visión política y termina amenazándolo con dejarlo sin Castilla. Y ahí le duele a Fernando, que a estas alturas de su reinado le quiten Castilla, hasta ahí podíamos llegar. Y no veas los que hicimos para Cultura Clásica. Pobre Puella, las que le hacemos pasar en las batallitas de Julio César, porque lo hemos convertido en personaje central: ve a la Galia, vuelve de la Galia, atraviesa los Alpes en elefante... Pero por más que nos empeñamos en agotarlo mandándolo a misiones imposibles, llega a clase como el caballo de Atila. Por donde él pasa, no vuelve a crecer la hierba, lo que crecen son los suspensos. De pronto se ha dado cuenta de que nos falta todavía la mitad del programa y nos lleva todo el tiempo *magnis itineribus*, o sea, a marchas forzadas (¡como piloto, tronco!). Parece como si la Rambo le hubiera preparado alguna solución alcalina de las suyas. Claro que ahora, con lo del negocio de las cremas, nosotros le hacemos la competencia, no veas el laboratorio que hay montado en casa, es de alucine. Ya no hablamos más que de ácido glicólico, retinol, oxibenzona, vaselina, glicerina, parafina... Macho, que vas a coger un yogur a la nevera y te encuentras con una crema frutal para las patas de gallo. Mi hermanita se ha tomado su papel tan en serio, que no hace más que untarnos cremas a toda la familia. Ahí viene por el pasillo, reconocería sus pasos entre un millón. ¡Socorro, necesito volverme invisible!...

–Andrés, déjame que te pruebe esta mascarilla.

–Venga, niña, déjame en paz. ¿Por qué no la pruebas en tu cara?

–Porque es para piel grasa y con acné.

–Hombre, gracias por el piropo, qué amable.

–No te enfades, ya verás cuando la mascarilla adquiera fama internacional. Habrás contribuido al bien de la humanidad. Piensa en Fleming, alguien tendría que probar su penicilina, ¿no?

–Anda, Paulita, no me comas el coco. ¿No ves que estoy ocupado?

–¿A ver, qué haces?

Vaya marrón me ha caído, tronco. Pero, si no le contestas, es peor.

–Nubes. Es el logotipo para las cremas.

–No está mal. Pero ¿por qué nubes? –me pregunta.

Porque siempre que miro a las nubes me acuerdo de Sara. Porque sólo nosotros conocemos el lenguaje de las nubes y nos mandamos mensajes con ellas. Porque cuando nos besábamos nos convertíamos en nubes y subíamos hasta el cielo...

–Contéstame, Andrés.

–Porque las nubes son suaves y la crema te suaviza el cutis, ¿qué te parece?

–Está muy bien. Me gusta.

–¿Lo dices en serio? ¿No lo dices por hacerme la pelota y untarme ese emplasto?

–Que no, tonto, te juro que me encanta. Te lo juro por las bragas de Mafalda –dijo con voz de pija. Y recuperando su tono normal, añadió–: De verdad que es genial, Andrés. Ya estoy viendo la nube en esta mascarilla. Por cierto, cuando la pruebes y te veas una piel maravillosa sin un solo grano, no te la vas a quitar de encima.

Las tácticas psicológicas de mi hermana no fallan nunca. Ahí estaba yo haciendo el más espantoso de los ridículos, con la dichosa mascarilla untada en mi cara; debía tenerla veinte minutos. Al cabo de un rato, me olvidé de ella. Ni te imaginas la que se armó, cuando salí ante los requerimientos de mi hermano, nada delicados, por cierto, porque siempre que cogía una llamada que no fuera para él, se convertía en hombre lobo. Menudo pitorreo, chaval. Todavía se están oyendo las carcajadas en la China. Y no exagero. La verdad es que yo mismo me asusté cuando me vi en el espejo. Era una mascarilla verde que, al secarse, te estiraba toda la cara y parecías un espectro. Estuve a punto de estrangular a Paula. Si no lo hice fue porque me dio una idea genial para vengarme de Carlos. Entre los dos hicimos un potingue que olía a demonios y lo escondimos en su cuarto. Al principio no se atrevió a decir nada; pensaría que era el olor de sus pies, por eso ventiló el cuarto lo menos una hora. Pero el olor cada vez era más fuerte. Y es que le habíamos puesto ácido sulfúrico, que huele a pedo que te cagas. Así que empezó a hacer una limpieza general del cuarto y acabó encontrando el potingue de marras. El caso es que, como todos estábamos metidos en el negociado de las cremas, no pudo probar que Paula y yo éramos los autores del delito.

Mi padre llegó eufórico a la hora de comer.

—Dos perfumerías se han interesado por la crema de reticulógeno con ácidos frutales —nos anunció—. Parece que les gusta, pero quieren probarla durante algún tiempo.

—¿De verdad? —se extrañó mi madre, que nunca pensó que sus cremas salieran del ámbito familiar.

Yo creo que todo esto lo hacía sobre todo por mi padre. Parecía haber recuperado el buen humor y se había entregado a la causa con el mismo entusiasmo con el que yo me dedicaba a parir cómics. No voy a decir que mi padre le dedicara a las cremas las veinticuatro horas del día, pero casi. La verdad es que, aunque el negocio no fuera rentable, valía la pena. Ya teníamos tres cremas y un tónico que, al parecer, funcionaban. Mi padre quería hacer tres líneas: una para jóvenes (entre las que se incluiría la mascarilla que me puso en el ridículo más espantoso), otra para carrozas incipientes y, por último, una para la tercera edad. Según él, a los abuelos cada vez les gustaba más presumir y conservar una apariencia joven. El viejo no hacía más que parir ideas. Y todos lo apoyábamos, no fuera a caer en otra depresión que lo mantuviera encerrado en casa sin afeitarse. Además, como decía él, «si la montaña no viene a Mahoma, Mahoma irá a la montaña». ¿O es al revés? Macho, me pasa como con lo de la cal y la arena, que nunca sé cuál es la buena. Bueno, lo que quiero decir es que, ya que no cuentan con él en las empresas, ha decidido montárselo por su cuenta. El único pero es que nos tiene a toque de corneta, se le ocurren ideas de lo más peregrinas.

—Mañana, excursión al campo —nos anunció en la comida—. Iremos a coger hierbas para la línea joven; será toda a base de productos naturales. ¿Qué os parece?

—Yo tengo que estudiar —intentó escaquearse mi hermano.

—Por cierto, Carlos, podrías hablar con tus amigos submarinistas para ver si pueden proporcionarnos algas, por lo visto es lo último en cremas. ¿Crees que les divertirá el tema?

—¿Esos?, encantados, seguro. Tú no conoces a esa gente. Son chiflados que solo hablan del mar. Para ellos la tierra no existe. Y qué más quieren que tener una misión concreta en lugar de bajar solo a ver peces y corales. Pero prepárate a que te den la paliza con las euglenofitas, las esquilofíceas o las clorofíceas.

—Estupendo. ¿Por qué no los invitas a cenar esta noche para hablar de ellas? —sugirió mi viejo.

—¡Qué guay! ¿Tenemos fiesta? —saltó Paula, a la que le chiflan las movidas—. Pues ya tengo el día completo porque por la tarde voy al cine con Andrea y con Andrés...

—¿Qué? —salté yo al oír mi nombre.

–¿No te acuerdas? El sábado pasado nos dijiste que nos llevarías el que viene y da la casualidad de que el que viene es hoy.

Eso es lo malo de hacer promesas de este tipo: aunque las veas lejos, siempre acaban por llegar. Qué bajo he caído, tronco. En lugar de estar con Sara, aquí me tienes, con Andrea, una enana a la que saco dos años y que se pone como un tomate en cuanto le dirijo la palabra, y, por si fuera poco, con la Celestina de mi hermana. ¿De qué le sirve a uno la gloria cuando tiene que ir al cine escoltado por dos renacuajos todavía sin curvas? Pero así se cuenta la historia de los héroes. Espero no encontrarme con nadie del instituto, macho, lo que me faltaba.

–¿Por qué no vais entrando vosotras? Ya compro yo las palomitas –les propuse para intentar despegármelas.

–No, te ayudamos, no vas a poder con todas –respondió mi hermana sin apartarse ni medio milímetro.

Estuve a punto de decir que yo no quería palomitas y que se quedaran ellas comprándolas, pero entonces mi hermanita me sometería a un tercer grado. Nunca hasta la fecha se había producido semejante acontecimiento. Me resultaba inconcebible ver una peli sin palomitas. Para mí las palomitas eran al cine como la leche al café.

–¿Qué miras? ¿Has visto a alguien del instituto? –me preguntó gritando como si estuviera a cien metros.

La palabra instituto me sacudió las neuronas.

–No... ¿por qué? –balbuceé nervioso.

–Porque no paras de mirar, como si buscaras a alguien.

–No hace falta que grites tanto, no estoy sordo –le respondí tratando de desviar la conversación y redoblando la guardia.

–Pues lo parece, porque te lo he tenido que preguntar tres veces. No sé qué te pasa, pero estás ido.

Una vez que tuvimos las palomitas en nuestras manos, me acomodé en la butaca procurando que mi cabeza no sobresaliera demasiado y respiré cuando apagaron las luces. La película hizo que me olvidara del mal rato... Ostras, qué fuerte, ese tío está pirado. Está a punto de estrellarse con el avión y se pone a cantar «El mundo está en mis manos». Me recuerda un poco a Dani. ¡Qué pasada de maniobra! Podía juntar a este tipo con Retoñito...

Lo malo es que, cuando salimos del cine, tuve que aguantar los comentarios de Pin y Pon, que, no conformes con ver la película, se empeñaron en recordarla paso a paso. Y encima se obstinaban en hacerme partícipe, para dejar bien claro que íbamos juntos. ¡Qué cruz! No tenía escapatoria posible.

–¿A que mola Nicolas Cage? No es que sea guapo, pero tiene algo..., ¿no crees? En cambio, el loco... ¡qué feo! ¿Y cuando atan el coche al avión y se estrella contra la torre de control? ¿Y qué me dices cuando le da el conejito a su hija todo sucio...?

Intenté no darme por aludido y apurar el paso. Menos mal que, como nos han enseñado los cuentos de hadas, todas las buenas acciones tienen su recompensa y, al llegar a casa, tuve la mía. Ocurrió mientras preparaba una pila de sándwiches para los de las algas. Sonó el teléfono y Carlos gritó con esa paciencia y tolerancia hacia los demás que muestra cuando coge llamadas que no son para él:

–Andréeees, para tiiiiii.

Mi corazón dio un vuelco. No sé por qué me dio la corazonada de que sería Sara. Pero, como tantas otras, era una falsa corazonada, el que me llamaba era Sergio.

—Andrés, enhorabuena, chaval, has ganado un concurso de cómics —me soltó de sopetón.

Mi mente se quedó alelada total, desconcertada; como diría mi abuela, en la nube de Valencia (siempre me he preguntado por qué precisamente la de Valencia, pero eso no viene ahora al caso).

—¿Qué concurso? —pregunté temeroso de meter la pata.

—No te dije nada para que no estuvieras impaciente y para que no te desilusionaras si no ganabas, pero, en lugar de presentar Retoñito a los de Trex, envié los cómics a un concurso y lo has ganado. Por eso he tardado tanto en darte noticias sobre él.

Retoñito, mi compañero de fatigas, mi héroe... Sabía que lo conseguiría. Era un problema de resistencia. Ya lo veía codeándose con Astérix y Obélix y Mortadelo y Filemón. No me lo puedo creer, me parece un sueño. Ahora sí que he encontrado mi piruleta, el mundo en mis manos...

—Andrés, ¿estás ahí? ¿Te has quedado mudo?

—Es que no me lo creo.

—Pues créetelo. El premio son 600 euros y la publicación del cómic.

¡Ostras, qué de pasta! Al colgar el teléfono, me temblaba el pulso. 600 euros, menuda fortuna. Tenía que decírselo a Retoñito, él era el protagonista. De pronto, toda la familia estábamos abrazados y dando saltos de alegría. Pero así es la vida de los héroes, tronco, una de cal y otra de arena, aunque siga sin saber cuál es la buena y cuál es la mala.

MARÍA
MENÉNDEZ-PONTE

AUTOBIOGRAFÍA

Nací un buen día de septiembre en La Coruña. Durante mis primeros años pensé que la cigüeña me habría dejado en el mar y mis padres me habrían recogido de entre las olas, tal es mi pasión por él. Mi padre solía decirme que me iban a salir escamas y mis hijos decían que su mamá era sirena. Sí, confieso que, viviendo como vivo en Madrid, tengo auténtico mono, y lo primero que hago cuando voy a Galicia o a cualquier otro lugar de la costa, es ir a la playa, incluso en invierno. Siempre he sido un poco salvaje (voluntad virgen, que decía mi abuelo) y me siento muy ligada a la naturaleza. De pequeña, al igual que *El barón rampante* de Italo Calvino, me pasaba el día subida a los árboles. Desde allí contemplaba la ría y me refugiaba de un mundo que me parecía bastante extraño e impredecible. Tenía la sensación de haber aterrizado en él sin unas instrucciones debajo del brazo, y así era imposible saber lo que se esperaba de mí. Por eso la mayoría de los días no me iba a la cama sin algún castigo. Y no es que fuera una niña terrible, pero mi imaginación volcánica trabajaba a una velocidad de vértigo, inventando juegos y situaciones que me abocaban directamente al desastre. Si no ponía patas arriba la casa, cambiando todos los muebles de sitio para llevar a cabo historias que inventaba, me tiraba desde lo alto del columpio porque quería entrenarme para ser paracaidista.

Tampoco se me daba mal montar todo tipo de circos y atracciones peligrosas en los que embarcaba a mis hermanos pequeños, o convertirme en un indio salvaje que destrozaba los vestiditos de batista inglesa. Y otro tanto me ocurría en el colegio. Pero ¿cómo podía atender a las explicaciones de las monjas si tenía que dilucidar si debajo de aquellas tocas negras había pelo o tenían la cabeza afeitada? ¿Y por qué no se podía entrar en clausura: qué secretos se cocían allí dentro? ¿Y por qué Dios, que era tan bueno, había mandado unas plagas tan monstruosas? Había tantas cosas que observar, imaginar y sobre las que reflexionar, que era imposible centrarse en la pizarra. En cambio, sentía auténtica pasión por los libros, que leía y releía cientos de veces hasta sabérmelos de memoria: *Celia*, *Cuchifritín*, *Guillermo Brown*, *La isla del tesoro*, *Mary Poppins*, *Peter Pan*, Enid Blyton, *Cuentos rusos*, *La tía Tula*... Todas las noches me dormía con el libro abierto y la luz encendida, no sin antes haber inspeccionado a fondo mi cuarto por si había algún monstruo o fantasma escondido. Y es que era terriblemente miedosa (lo sigo siendo), incapaz de quedarme sola en el piso de arriba.

En vista de que mis padres no conseguían hacerme salir de mi estado salvaje y curarme de mis locuras quijotescas, a los doce años me enviaron interna a Madrid, a Santa María del Camino. Allí, gracias al *ballet* y la gimnasia (fui campeona de España a los trece y catorce años), me centré por fin en los estudios y los suspensos se convirtieron en sobresalientes. Sobre todo, cuando pude dejar las Matemáticas, que se me daban fatal, y estudiar, en cambio, Latín y Griego, que me apasionaban. Por las noches, cuando nos apagaban la luz, o bien nos contábamos por turnos los libros que leíamos, o bien leía con linterna debajo de las sábanas. Fue así como descubrí *Jane Eyre*, *Cumbres Borrascosas*, *La vida sale al encuentro*, *Edad prohibida*, *David Copperfield*, *Ana Karenina* y tantos otros libros que me ayudaron a crecer y a superar esa difícil etapa que es la adolescencia (era muy tímida y excesivamente sensible). También me ayudó mucho escribir algunos cuentos, reflexiones, sentimientos o retazos de mi vida en papeles o agendas que me regalaba mi padre. Supongo que era el único modo que tenía de poder explicarme un mundo tan complejo.

De ahí pasé a estudiar Derecho en Santiago de Compostela (todavía hoy me pregunto cómo pude elegir una carrera que nada tenía que ver conmigo). Pero había tantas cosas interesantes en mi vida que quizá por ello no me di cuenta a tiempo del error: era delegada de curso (fueron años de reivindicaciones y revueltas estudiantiles); escribía artículos de protesta en periódicos locales que, naturalmente, eran siempre censurados; fundé un cineclub junto con otros estudiantes y Alonso del Real, un catedrático estupendo que nos animaba en nuestra misión imposible (casi acabamos en la cárcel por algo tan inocente, ¡qué tiempos!); iba a clases de piano, de inglés y francés; hacía yoga y empecé a salir con el que hoy es mi marido.

Esto último fue cobrando cada vez más importancia, y cuando todavía me faltaban cuarto y quinto, decidimos casarnos, así que tuve que terminar la carrera en la UNED, porque a él lo destinaron a Nueva York, donde vivimos cinco años maravillosos. La verdad es que no me resultaba fácil estudiar Fiscal o Procesal en una ciudad tan vital y con una oferta cultural tan importante. Así que traté de compatibilizarlo con todo tipo de cursos en la universidad, viajes, visitas a museos, conciertos, *ballet*, ópera... Pero, sobre todo, disfruté un montón con mis hijos: entonces Antonio y Álvaro, y ya de vuelta en Madrid, Verónica y Diego. Y a pesar de que Álvaro era un terremoto (le daba por desenterrar chicles en el parque y metérselos en la boca, cuando no escondía los zapatos por algún insólito lugar o se perdía él mismo) y elegía puntualmente la víspera de mis exámenes (tenía que desplazarme a Washington) para hacerme pasar la noche en vela, conseguí licenciarme. Luego, al regresar a Madrid, estudié Filología Hispánica.

Tener a mis cuatro hijos es lo mejor que me ha pasado. Ellos me han enseñado a contemplar el mundo con una mirada mágica, como si lo viera todo por primera vez, tratando de descubrir el lado oculto de las cosas. Y con ellos empecé a  inventar cuentos y aventuras que vivíamos durante días. Así fue como me inicié en esta apasionante andadura que es la de contar historias.

¿Cómo soy? Uf... Tremendamente curiosa, todo me interesa, me encanta aprender. Y persigo las cosas hasta el final, nunca me doy por vencida, soy una gran luchadora. Soy paciente para unas cosas (mi trabajo, los niños) y muy impaciente para otras (el ordenador, abrir envases). Soy inconformista: no me gusta un mundo tan injusto, tan poco tolerante, tan consumista, tan mediocre... y pienso que lo deberíamos cuidar más, ya que es el único que tenemos. Pero a la vez soy optimista, y creo profundamente en la educación como medio para salvarnos de los desastres que nosotros mismos provocamos. Vivo el día a día con mucha pasión e intensidad, en realidad me faltan horas para hacer todo lo que me gusta. Y salud, porque me falla la espalda.

Me gusta mucho estar con mi familia, nos reímos un montón. Y me gusta escribir y encontrarme con mis lectores, porque me llenan de energía y buenas vibraciones. Y me gusta leer. Y la música, escucharla y hacerla con mis hijos, ya sea componiendo, tocando o grabando. Y la danza: he hecho *ballet* clásico, *jazz*, flamenco y contemporáneo. Y el deporte: sobre todo, nadar, hacer *surf* y esquí acuático, montar a caballo, en bicicleta, hacer gimnasia y patinar. También me gusta viajar, ir al cine, al teatro, al *ballet*, a conciertos, a la ópera, pasear por la playa y por el campo, hacer yoga, cocinar... Me gusta el silencio y escuchar los sonidos del campo, contemplar el crepúsculo y las estrellas, coger moras, quedarme horas mirando el mar, perderme por las ciudades comiendo un helado. Me gusta el olor de los pinos, de la jara, de la lavanda, del otoño, de la canela, de las manzanas asadas... Ah, y me encanta la gente. Creo que se nula en mis novelas, porque lo que más cuido siempre son los personajes. Me encanta hurgar en su psicología, su modo de ser, de hablar y de actuar; enseguida me siento atrapada por ellos, tratando de resolver sus conflictos.

Lo siento, pero no me llega con una vida. ¿Podría tener otra? Bueno… también me gusta soñar.

Entrevista a

De la mano de sus personajes

Por Begoña Oro

No sé por qué la casa de María tiene puerta. Se ahorrarían muchos minutos al día, quizá horas, si no la tuviera. En los cinco minutos que llevo, han entrado y salido lo menos diez personas.

—Este es Ripoll, mi quinto hijo —me presenta María.

¿Cinco hijos? María me aclara que, en realidad, «solo» tiene cuatro: Antonio, Álvaro, Verónica y Diego. Pero Ripoll es amigo de Diego y es como uno más de la familia.

Mientras hablamos, otra vez se abre la puerta. Esta vez es una chica de esas a las que piropean por la calle.

—Verónica —me aclara María.

Empiezo a pensar que es difícil decir qué le sale mejor a María: los hijos o los libros.

—¿Te apetecen unas feijoas? —me ofrece.

María acaba de hacerlas. Tienen una pinta estupenda. Más difícil todavía. Ahora tendré que decidir qué le salen mejor: las tortitas, los libros o los hijos.

María
Menéndez-Ponte

Dedicas este libro a tu hijo Álvaro, que te ayudó a dar vida a los personajes de la novela. ¿En qué consistió esa ayuda?

Sin él la novela no habría sido la misma, estaba en plena adolescencia, como Andrés, y fue para mí una gran ayuda. En primer lugar, me sirvió de inspiración para el arranque de la novela: un chaval que ocupa en la familia lo que los psicólogos llaman la figura del segundón y eso le hace sentirse la oveja negra. Además, el personaje de Andrés tiene ciertas connotaciones con mi hijo: muy creativo, romántico, sensible, inconformista, le costó encontrar su lugar en el mundo...

Aunque quiero aclarar que el resto ya es ficción, no estoy contando su vida. En segundo lugar, me alentó en mi tarea desde el principio: venía todos los días a leer lo que había escrito, estaba enganchadísimo; incluso me regañaba si no había escrito nada y me obligaba a contarle lo que iba a pasar.

Constantemente hablábamos de los hechos que ocurrían y cómo deberían seguir. También colaboró contándome alguna anécdota del colegio; de hecho, el personaje de Dani nació a partir de esa que cuento en el libro (se iba a hacer caca a casa sin que se enterasen los profesores porque necesitaba hacerlo con el *Mortadelo*). Además aportó el personaje de Retoñito, un cómic que había creado hacía tres años y que a mí siempre me encantó. Y, desde luego, fue una pieza clave en el lenguaje del protagonista: escucharlo a él y a sus amigos me permitió hablar como Andrés. Y si en algún momento tenía alguna duda, le consultaba.

En general, ¿te ayudan tus hijos en tus novelas? ¿Cómo?

No solo son mi principal fuente de inspiración con las cosas que me cuentan, ellos y los amigos que traen a casa, sino que son los primeros que las leen y me dan su parecer, del cual me fío bastante. Antonio es el que menos contribuye, porque vive en Lisboa, pero Verónica hace Filología Inglesa y es una gran lectora, devora mis libros y no se le pasa una, es muy buena correctora. Y Diego también escribe, tiene mucho talento, así que nos leemos mutuamente y nos hacemos las críticas pertinentes.

En la novela, mencionas a Los Rodríguez y a Iron Maiden. ¿Qué tipo de música te gusta? ¿Cuál es tu grupo o cantante favorito? ¿Tu canción favorita?

Los Rodríguez los escogí porque me venía muy bien la canción que dice: *Mis amigos me dijeron: Andrés, no te enamores por primera vez…* Y además me gusta cómo cantan. No así los Iron Maiden, que solo le gustaban a Álvaro en aquel momento. En cuanto a la música que me gusta, abarca un amplio espectro, desde la clásica al *jazz*, el *blues* o el *country*, pasando por los grandes mitos de mi época, los Beatles, los Byrds, los Rolling, los Beach Boys, The Mamas & the Papas, Simon & Garfunkel, Bob Dylan, Aretha Franklin o Neil Diamond, hasta algunos actuales como, The Black Eyed Peas, Kylie Minogue, Anastacia o Shakira. En cuanto a la canción favorita, me resulta difícil elegir solo una: *Blowing in the wind, Mr. Tambourine Man, Yesterday, Imagine, Sergeant Pepper's, Satisfaction, Respect…*

➜ **Andrés estudia con música y su madre le riñe por ello. ¿Y tú? ¿Escribes con música o en silencio?**

Yo a mis hijos no les riño por eso, si son capaces de concentrarse... Desde luego, yo no puedo estudiar con música, porque la siento demasiado y me pongo a moverme con el ritmo o a cantarla. Incluso cuando escribo lo suelo hacer en silencio, aunque a veces he escrito con un fondo de música clásica o con alguna que le vaya a la novela que estoy escribiendo para ambientarme.

➜ **Como escritora, ¿utilizas algún «método»? ¿Haces esquemas antes de empezar, o más bien te dejas llevar por los personajes? Es decir, ¿tomas tú las decisiones sobre lo que va a suceder, o te pasa como a Andrés, que las decisiones te toman a ti? En este libro en concreto, ¿tenías clara cuál iba a ser la evolución del personaje? Lo cierto es que Andrés tiene una voz tan personal, tan «potente», que parece que vaya a echar a andar en cualquier momento...**

«MI MÉTODO ES INTERIORIZAR MUCHO LOS PERSONAJES, NECESITO OÍR SU VOZ POR DENTRO, TRAVESTIRME E IR MADURÁNDOLOS ANTES DE PONERME A ESCRIBIR, LO MISMO QUE LA IDEA DE LA NOVELA.»

Mi método es interiorizar mucho los personajes, necesito oír su voz por dentro, travestirme e ir madurándolos antes de ponerme a escribir, lo mismo que la idea de la novela. También suelo tomar notas, pero no hago esquemas. Me gusta que los personajes vayan llevando el timón según van cogiendo cuerpo. Y, desde luego, son ellos quienes deciden. Cuando leí *Niebla*, de Unamuno, me maravilló que el personaje se enfrentara al autor, pero ahora que escribo, eso es lo que me ocurre a mí constantemente: que se me rebelan o me llevan por caminos insospechados. La verdad es que siempre logran sorprenderme. Por ejemplo, en NUNCA SERÉ TU HÉROE creí que Belén jugaría un papel secundario, y si me descuido, me empuja a Andrés. En cambio, con Dani me ocurrió lo contrario: pensé que sería el contrapunto de Andrés y hubo un momento en que hasta llegó a desaparecer, lo recuperé casi al final.

¿De dónde obtienes la inspiración? En particular, respecto a los profesores de la novela, ¿de dónde sus apodos?

Dos de ellos eran motes de profesores de mis hijos; concretamente, el Puella, que fue profesor de Latín de Antonio (los recibió el primer día declinando la palabra con gran entusiasmo, sin mediar presentación, y se le quedó el mote), y la Rambo, una profesora estupenda de Matemáticas que tuvo Álvaro y que desprendía una gran energía: «O aprendes o aprendes» era su lema. El Sátrapa fue cosecha propia, siempre me encantó la palabrita. El Bombilla, en recuerdo de uno que tuve yo al que le daban ataques de ira y se iba poniendo rojo desde el cuello hasta la calva, igual que un Gusiluz. ¿Y quién no ha tenido un Salivazos? Un año que me tocó en primera fila, le solía decir a mi compañera: «Saca el paraguas, que viene el chaparrón».

Como contrapunto al Sátrapa, la Rambo... está el personaje de Irene, una profesora estupenda que logra interesar a sus alumnos y que se preocupa por ellos más allá del estricto horario escolar. ¿Es este personaje una especie de homenaje? ¿Te inspiraste en alguna persona en particular?

➔ Creo que todos podemos recordar a algún profesor cuya función iba mucho más allá de la de impartir clases. Yo tuve algunos a los que recuerdo con muchísimo cariño, si bien el personaje no está inspirado en ninguno en concreto. Pero sí se puede considerar un homenaje a todos esos profesores que se preocupan de sus alumnos como personas, los quieren y tratan de enseñarles algo más que su asignatura.

➔ **A lo largo de tus novelas, has demostrado tener un estilo propio. Construyes unos personajes que derrochan vitalidad, sentido del humor y sensibilidad, y, pese a utilizar un lenguaje muy cercano a los jóvenes, no renuncias a utilizar imágenes. Hay una en NUNCA SERÉ TU HÉROE que me resulta especialmente sugerente: la de la piruleta. ¿Cuál es tu piruleta, ese talismán al que te aferras para saber adónde vas y para qué estamos aquí? ¿Cuándo y cómo la conseguiste?**

➔ Creo que mi piruleta es la imaginación, no podría vivir sin ella. La aplico a todo lo que hago, así tengo la impresión de construir el mundo cada día y de que siempre lo estoy estrenando. De pequeña, ella me dominaba a mí volviéndome loca, pero en la adolescencia empecé a tratar de dominarla yo a ella y creo que cada vez lo hago mejor.

➔ **Respecto al conjuro y la pócima, ¿con quién te sientes más en deuda: con Astérix y Obélix, o con tus orígenes gallegos y la queimada?**

➔ Sin duda, con mis orígenes gallegos: siempre me han perseguido las meigas y los conjuros.

Vivan los orígenes gallegos de María. Vivan las feijoas. Realmente,
estaban deliciosas. María hace magia en la cocina.

→ ¿Cómo sería la poción mágica que darías a los jóvenes?
¿Qué efectos tendría?

«La poción mágica que daría a los jóvenes es la ilusión por la vida, las ganas de luchar, de contemplar el mundo con ojos nuevos.» La ilusión por la vida, las ganas de luchar, de contemplar el mundo con ojos nuevos cada día y vivir poniendo mucha pasión en todo lo que hacen. Los convertiría en autores de su propia vida apartándolos del borreguismo y dándoles la oportunidad de vivir una gran aventura, la suya.

→ Andrés duda entre ser periodista, biólogo, veterinario... o dedicarse a su pasión: la ilustración. ¿Tú tuviste claro desde pequeña que querías escribir? ¿Qué estudiaste?

No tan claro. De hecho quise ser paracaidista, bailarina, trapecista... Pero lo que más me gustaba era leer, y creo que ya entonces alimentaba la idea de escribir, si bien me daba miedo no ser capaz de hacerlo. Creo que huí durante algunos años, pero al final decidí coger el toro por los cuernos. Por eso di muchas vueltas: empecé estudiando Derecho, algo que todavía no logro comprender, y luego Filología Hispánica, que me encantó, así como múltiples cursos de todo tipo.

→ ¿A qué otras actividades profesionales te has dedicado?

He dado clases, he trabajado en la revista *Padres y Maestros* (todavía colaboro), he trabajado en la editorial SM (en Comunicación y Marketing, y como autora de libros de texto), y he impartido cursos a profesores.

→ ¿Sacabas buenas notas? En ese sentido, ¿a quién te parecías más: a Jorge o a Dani?

Hasta los doce años fui como Dani, pero no por pasotismo, sino por un exceso de imaginación. Me pasaba el día en las nubes y así no había forma de enterarse de nada. Luego me mandaron interna a un colegio donde me entendieron y me sentí a gusto, y enseguida empecé a sacar sobresalientes.

→ Esta podría considerarse una novela de personajes. ¿Cuál es tu personaje favorito? ¿Y aquel con el que más te identificas?

Sin duda Andrés, porque me identifico bastante con él. También a mí me costó encontrar mi lugar en el mundo y me comía el coco un montón. Además tengo su imaginación y su romanticismo. Pero como personaje literario me dio mucho juego Jorge: es el menos previsible, el que da más sorpresas. Quizá porque me fui metiendo en cada una de sus aristas. Todos podemos ser de una manera o de otra según el ángulo desde el que nos miren y según la imagen que proyectemos a los demás.

Veamos algunas de las características de Andrés. Andrés se come mucho el coco; mientras espera el veredicto sobre sus cómics, piensa lo peor... ¿Compartes esa peculiaridad con él? ¿Cómo se siente una escritora como tú, toda una veterana, cuando envía un manuscrito a una editorial? ¿Eres optimista o pesimista?

Soy optimista para la vida, pero a la vez soy muy exigente, me como bastante el coco (aunque mucho menos que antes) y me siento muy frágil a la hora de recibir un veredicto sobre lo que he escrito. Pero nunca llego a hundirme del todo, siempre resurjo de las cenizas; trato de verlo en positivo y aprender de las críticas.

Andrés pasa de la euforia a la depresión en un momento. Vive en una montaña rusa de emociones. Incluso ha inventado un nuevo estado de ánimo, el triste-contento, el nata-fresa. Prestas mucha atención a las emociones de tus personajes. Entre cerebro y corazón, ¿eliges corazón?

Creo que esos estados nata-fresa son una de las principales características de los adolescentes. Y sin duda se deben a las alteraciones hormonales que se producen: tan pronto lloras por nada como te da el pavo y no paras de reír. A mí siempre me sorprendió el mundo emocional de las personas, quizá porque yo, en mi época adolescente, era hipersensible y todo me afectaba un montón. Tal vez por eso siento la necesidad de hurgar tanto en los sentimientos y meterme dentro de la piel de las personas, como un modo de comprenderlas y de comprenderme a mí misma. Creo que la aventura más grande que hay es la del ser humano. Y, desde luego, yo me muevo más por el corazón.

Muchos adolescentes pueden sentirse identificados con los personajes de tu novela, que son chicos y chicas más o menos «normalitos», como dice Andrés, tanto que defraudan a los periodistas. ¿Crees realmente que hay una imagen deformada de cómo son los adolescentes? ¿Crees que son más «normales» de lo que a veces se da a entender?

Creo que hay que estar cerca de ellos para entenderlos y eso es algo que cada vez hace menos la sociedad. A veces da la impresión de que a los adultos no les interesa, de que los miran como bichos raros que hay que contemplar al microscopio y producen cierto repelús. Es terrible cómo los manejan sin importarles lo que esté ocurriendo dentro de ellos, vendiéndoles imágenes falsas, conduciéndolos a un consumismo desaforado, atontándolos con alcohol y drogas y metiéndoles la violencia hasta en la sopa. Si miras dentro de ellos, te das cuenta de que son niños asustados que tratan de huir de una realidad que les aterra, de una sociedad altamente competitiva para la que no se sienten preparados ni emocional ni intelectualmente. Con la cultura del «todo vale» y la falta de límites no les estamos haciendo ningún favor. Pero no basta con decirles que no, además hay que darles alternativas, capacitarlos para enfrentarse a la vida.

→ Además de hablar de las peripecias y los sentimientos de los adolescentes, en tus novelas también aparecen los adultos tratados con el mismo respeto: con sus problemas, sus ilusiones... En este caso, el paro del padre de Andrés, la pelea con su mujer...; en MALDITA ADOLESCENTE, la madre de la protagonista también tiene su propia historia. Además, se muestra cómo los adolescentes entienden mejor a sus padres de lo que ellos mismos creen, y viceversa. De hecho, yo aconsejaría a los lectores de esta entrevista que dieran a leer este libro a sus padres, si no lo han hecho ya. Eso podría ayudarles a entenderse. ¿Sabes si tus libros tienen lectores adultos?

→

«MUCHOS DE LOS ADOLESCENTES QUE HAN LEÍDO MIS LIBROS SE LOS HAN RECOMENDADO A SUS PADRES, QUE LOS DEVORAN PORQUE RECONOCEN A SUS HIJOS EN LOS PERSONAJES.»

Muchos de los adolescentes que han leído mis libros se los han recomendado a sus padres, que los devoran porque reconocen a sus hijos en los personajes, y ellos mismos se reconocen en su modo de actuar. Para algunos resulta una guía, un modo de acercarse a sus hijos y ponerse en su piel.

Resulta curioso cómo al contemplarlos de manera más objetiva, en un libro, no se agobian tanto, los comprenden mejor. Algunos chavales me han dicho que, después de leerse el libro ambos, han pasado de estar todo el día como el perro y el gato a ser uña y carne. Y eso es una gran satisfacción. A mí misma me sirvieron para sentirme más cerca de mis hijos.

➤ A lo largo de la novela, se puede seguir el recorrido de los personajes por las calles y parques de Madrid. Hay otros autores que eluden situar sus novelas en un lugar concreto. ¿Por qué decidiste situarla de forma tan clara? ¿Por qué en Madrid?

➤

➤ ➤

➤ Porque pensé que le aportaba realismo, incluso a mí misma me sirvió para visualizar mejor los escenarios. De hecho sitúo el instituto muy cerca de mi casa, por eso elegí Madrid. Así también pude acercarme varios fines de semana a la zona de Malasaña para ver *in situ* el botellón.

➤ Andrés en este libro aprende a ser responsable de sus propias decisiones y también a no juzgar por las apariencias. ¿Qué conclusión equivocada podríamos sacar de tu apariencia? ¿Eres más antipática de lo que pareces? ¿Más seria? ¿O acaso más tímida?

➤

➤ ➤

➤ Normalmente soy muy cercana y extrovertida, no me cuesta conectar con la gente; por eso creo que doy bastante bien la imagen de cómo soy. Aunque es verdad que soy más tímida de lo que aparento.

Por último, «una de cal y otra de arena». ¿Sabes tú cuál es la mala y cuál es la buena?

Dicen que la buena es la de cal, pero ¿por qué? Yo no estoy de acuerdo, que alguien me lo explique.

¿Algún voluntario?

«SOY TREMENDAMENTE CURIOSA. TODO ME INTERESA. ME ENCANTA APRENDER. LO SIENTO, NO ME LLEGA CON UNA VIDA. ¿PODRÍA TENER OTRA?»

MARÍA
MENÉNDEZ-PONTE

COMPAÑEROS DE VIAJE DE
NUNCA SERÉ TU HÉROE

ALGUNOS DISCOS, PELÍCULAS, POEMAS O CUADROS
PUEDEN ACOMPAÑAR A ESTE LIBRO EN SU LARGO VIAJE.

Mi principal COMPAÑERO DE VIAJE en esta novela fue mi hijo
Álvaro, en ese momento un adolescente que, al igual que
Andrés, se sentía la oveja negra de la familia y estaba en
plena rebeldía. Él fue un gran apoyo para mí mientras la
escribía. Desde el principio se enganchó con su lectura,
venía ansioso del colegio en busca de nuevas páginas que
leer y comentar conmigo. Yo, por mi parte, le consultaba
cualquier duda sobre el lenguaje y lo exprimía preguntándole anécdotas del colegio; de hecho, una de ellas dio
lugar al personaje de Dani. Pero, sobre todo, le debo a
Retoñito, un personaje de cómic, con cierto aire a los dibujos de Mariscal, que creó cuando estaba en 7° de EGB y que
yo incorporé a la novela porque siempre me gustó mucho.

También la MÚSICA que suena en el libro era la que él escuchaba en aquella época. Es curioso cómo al releerlo inmediatamente se me instala en la cabeza el estribillo de *Engán-
chate conmigo*, de Los Rodríguez: «Mis amigos me dijeron:
Andrés, no te enamores la primera vez…». Sus canciones
reflejan la historia de amor entre Andrés y Sara como en
una secuencia. Así, en *La mirada del adiós* el protagonista se
rebela contra el hecho de haber sido dejado: «Cuando me
di media vuelta, no estabas. Yo sólo buscaba la mirada del
adiós…». *Copa rota* nos habla de los celos del protagonista
al ver a su chica con otro (ni el llanto ni el vino los reme-
dian: al contrario, le recuerda mucho más su corazón).

La letra de *En el último trago* nos habla de la dificultad para olvidarla. *Dulce condena* y *Para no olvidar* aluden a los recuerdos permanentes de la amada, a cada una de las sensaciones experimentadas con ella. En *Me estás atrapando otra vez* están los escasos reencuentros con Sara y la resistencia de nuestro héroe a darla por perdida (su melena rubia con olor a limón impide que la llama del amor se extinga, y cada pequeño gesto de ella alienta su esperanza). También el contraste de la guitarra de Joe Satriani en *Cryin'* y *Rubina's Blue Sky Happiness* nos pueden dar una idea de esos estados de ánimo «nata-fresa» a los que alude el protagonista. Mientras que los trémolos agudos de *Why* podrían ser la voz de Pepito Grillo irrumpiendo en las dudas permanentes de nuestro héroe. Pero si tengo que escoger el instrumento y la música que mejor reflejan la personalidad de Andrés, sin duda sería la guitarra de Jimi Hendrix. En cuanto a la música que escucha el protagonista, además de Los Rodríguez, nos topamos con los Iron Maiden (que martilleaban impunemente mis oídos), Metallica, Black Sabbath o Michael Jackson.

El PAISAJE URBANO de la novela recuerda unas veces al realismo
mágico de Antonio López, un testimonio íntimo que nos llega a través de la mirada de Andrés, con la lentitud de un
tiempo atrapado, y otras a la pincelada rápida y desvaída
de los impresionistas: desde la melancolía de Monet, sus
nubes en tránsito, sus humos y vapores, hasta la alegría de
Renoir pasando por la soledad de Utrillo, según el estado
anímico del protagonista. También está presente el sentido del humor de Toulouse-Lautrec en las viñetas que crea
como método de estudio y la pintura pop de Andy Warhol
y Lichtenstein en los cómics de Retoñito.

En cuanto a los MONÓLOGOS DE ANDRÉS, no puedo evitar que
de algún modo me trasladen a los de Mrs. Dalloway, de
Virginia Woolf, quizá porque esos pensamientos en voz
alta son casi como diálogos con el lector. Dicha obra me
dejó una profunda huella y supongo que de algún modo
pudo haberme influenciado a la hora de escribir esta novela, así como toda la obra de Carmen Martín Gaite, con la
que me siento muy identificada. También Las *Desventuras
del joven Werther*, de Goethe, tienen que ver con nuestro
héroe, si no en el tono, sí en su corazón enamorado y no
correspondido.

Por ser mi primera novela, quise que el protagonista fuera un personaje masculino para poder distanciarme de él y no poner un exceso de carga personal (todas las novelas de un modo u otro la llevan). Pero aun así creo que Andrés, además de las connotaciones con mi hijo Álvaro, tiene bastante que ver conmigo (de tal palo, tal astilla). Al igual que a él, me costó bastante centrarme en los estudios debido a mi incontrolable imaginación. Lo conseguí a los trece años, si bien en mi caso el detonante del cambio no fue el dibujo, como en Andrés, sino el *ballet* y la gimnasia, disciplinas para las que tengo una gran aptitud y que contribuyeron a alimentar mi autoestima. También le daba mil vueltas a todo hasta rozar la paranoia. Y vivía el amor con mucho romanticismo.

Luego están las famosas peleas con fregona, bayeta o escoba que tienen Andrés y sus hermanos. También las tenemos en casa, solo que aquí soy yo quien las provoca. A veces me sale la vena gamberra.

me tienen harto

I am fed up with them